共和国的历程

激扬军威

解放军举行华北现代化军事演习

杨中秋　编写

蓝天出版社　吉林出版集团有限责任公司

图书在版编目（CIP）数据

激扬军威：解放军举行华北现代化军事演习／杨中秋编写.
—北京：蓝天出版社，2014.10（2023.3重印）
　（共和国的历程）
　ISBN 978-7-5094-1246-6

Ⅰ.①激… Ⅱ.①杨… Ⅲ.①革命故事－作品集－中国－当代 Ⅳ.①I247.8

中国版本图书馆CIP数据核字（2014）第232641号

激扬军威——解放军举行华北现代化军事演习

编　　写：杨中秋
策　　划：金永吉　荆忠峰
责任编辑：孔庆春　王燕燕
出版发行：蓝天出版社　吉林出版集团有限责任公司
地　　址：北京市复兴路14号
邮　　编：100843
电　　话：010—66983715
经　　销：全国新华书店
印　　刷：北京楠海印刷厂
开　　本：710mm×1000mm　1/16
字　　数：69千
印　　张：8
版　　次：2016年3月第1版
印　　次：2023年3月第3次
定　　价：29.80元

前　言

　　中华人民共和国自 1949 年 10 月 1 日成立以来，已走过了六十多年的风雨历程。历史是一面镜子，我们可以从多视角、多侧面对其进行解读。然而有一点是可以肯定的，那就是，半个多世纪以来，在中国共产党的领导下，中国的政治、经济、军事、外交、文化、教育、科技、社会、民生等领域，都发生了深刻的变化，中国人民站起来了，中华民族已屹立于世界民族之林。

　　这段时间放到整个历史长河中是短暂的，有如弹指一挥间，但它带给中国的却是极不平凡的。六十多年里神州大地经历了沧桑巨变。从开国大典到 60 年国庆盛典，从经济战线上的三大战役到经济总量居世界前列，从对农业、手工业、资本主义工商业的三大改造到社会主义市场经济体制的基本确立，从宜将剩勇追穷寇到建立了强大的国防军，从废除一切不平等条约到独立自主的和平外交政策，从"双百"方针到体制改革后的文化事业欣欣向荣，从扫除文盲到实施科教兴国战略建设新型国家，从翻身解放到实现小康社会，凡此种种，中国人民在每个领域无不留下发展的足迹，写就不朽的诗篇。

　　六十几年在历史的长河中犹如沧海一粟，但对身处其间的个人却是并非无足轻重的。其间究竟发生了些什么，怎样发生的，过程怎样，结果如何，非人人都清楚知道的。对此，亲身经历者或可鲜活如昨，但对后来者却可能只是一个概念，对某段历史的记忆影像或不存在或是模糊的。基于此，为了让年轻人，特别是青少年永远铭记共和国这段不朽的历史，我们推出了这套《共和国的历程》。

《共和国的历程》虽为故事形式，但与戏说无关，我们是想借助通俗、富于感染力的文字记录这段历史。这套丛书汇集了在共和国历史上具有深刻影响的重大历史事件。在丛书的谋篇布局上，我们尽量选取各个时代具有代表性的或深具普遍意义的若干事件加以叙述，使其能反映共和国发展的全景和脉络。为了使题目的设置不至于因大而空，我们着眼于每一重大历史事件的缘起、过程、结局、时间、地点、人物等，抓住点滴和些许小事，力求通透。

历史是复杂的，事态的发展因素也是多方面的。由于叙述者的视角、文化构成不同，对事件的认知或有不足，但这不会影响我们对整个历史事件的判断和思考，至于它能否清晰地表达出我们编辑这套书的本意，那只能交给读者去评判了。

这套丛书可谓是一部书写红色记忆的读物，它对于了解共和国的历史、中国共产党的英明领导和中国人民的伟大实践都是不可或缺的。同时，这套丛书又是一套普及性读物，既针对重点阅读人群，也适宜在全民中推广。相信它必将在我国开展的全民阅读活动中发挥大的作用，成为装备中小学图书馆、农家书屋、社区书屋、机关及企事业单位职工图书室、连队图书室等的重点选择对象。

编　者
2014 年 1 月

一、中央军委决策

筹划调整军事战略 /002

京西宾馆 "801 会议" /009

确定 "积极防御" 战略方针 /017

邓小平听取演习方案汇报 /022

总参传达邓小平军演指示 /029

二、演习准备

召开华北军演准备工作会议 /036

严格落实演习各项安全措施 /040

北京军区编写演习理论材料 /045

按防御战役课题勘定演习地域 /049

全军高级将领参加战役集训 /054

军演领导向三位老帅汇报 /057

参演部队预演合练 /062

三、演习实施

突袭防御阵地 /072

空降与反空降 /078

主力导弹连坚守阵地 /084

全线发起战役反突击 /092

四、军演圆满成功

邓小平检阅演习部队 /100

胡耀邦祝贺演习成功 /103

各路将军举杯庆功 /110

邓小平格外高兴 /112

国外媒体关注华北大演习 /115

一、中央军委决策

● 邓小平一锤定音："我赞成就是'积极防御'4个字。积极防御本身就不只是一个防御，防御中有进攻。"

● 邓小平掐掉烟头扬了一下手掌："就按第一方案搞一次，节约一点儿。总参具体抓。"

● 秦基伟说："钱不够，我们体谅国家困难。我再说一遍，我们不仅不发演习财，还要把北京军区的家底子拿出来，砸锅卖铁，也要搞好演习。"

筹划调整军事战略

1981年9月，在华北某地举行的实兵合成演习，是新中国成立以来规模最大的一次。这次演习，是中央军委提出的新时期我军"积极防御"战略方针的细化和深化。

"积极防御"这一战略方针的提出，经历了一个不平凡的历程。

20世纪70年代末，我国的改革开放政策实施已经初见成效，国际联合反霸统一战线不断巩固和发展，但美、苏两个超级大国的争夺日益加剧，苏联继续在我北方边境陈兵，并大规模入侵阿富汗，严重威胁世界和平和我国安全。

有鉴于此，邓小平在1980年就强调指出："在国际事务中反对霸权主义，维护世界和平，这是80年代我们要做的第一件大事。"进而强调"反对霸权主义这个任务，每天都要摆在我们的议事日程上"。"阿富汗事件……这样的问题以后还会很多。总之，反对霸权主义的斗争，始终是作为一项重要的任务摆到我们国家和全国人民的日程上面就是了。"

为了贯彻落实邓小平的指示，中央军委专门成立了战略委员会，由军委总参谋部协助战略委员会来筹划新的军事战略方针。

在此之前，我军既定的战略方针被概括为"积极防御，诱敌深入"8个字。党的十一届三中全会后，不少高级干部思想得以解放，对"诱敌深入"提出异议。

特别是军事科学院的粟裕，专门向军委提出了富有真知灼见的建议。

早在1970年3月7日，粟裕就给中共中央写了一份报告，建议采取集中兵力打歼灭战的办法。

1970年春，周恩来要粟裕"去西北、华北边疆走走，一方面学习地方工作，一方面了解边防情况"。

粟裕遂于4月5日到5月23日，在大西北地区进行了近50天的考察。

这次考察全部行程近万公里，先后调查了甘肃、青海、宁夏、内蒙古、河北5个省（自治区）所属地区共50多个单位70多个基层点，包括驻军部队、边防哨所、国防工事、国防工厂、大中型工矿企业、农村生产大队等。

粟裕是一代名将，毛泽东讲要先打弱敌，粟裕偏偏喜欢先打强敌，并且屡打屡胜，屡建奇功，着实让协助毛泽东指挥人民解放战争的周恩来赞叹不已，更被毛泽东称为"中国第一大将"。

北方的春天，冰雪未消，肩负着周恩来的重托，共和国第一大将粟裕乘吉普车启程。

北京212吉普车底盘高，越野能力强，小沟小坎一跳而过，河床山坡也敢闯行。

中央军委决策

　　无边的寒意像国境线一样漫长而单调，但能回到自己毕生投身并血肉相连的戎马生涯中，粟裕的心情很是振奋。

　　看地形是粟裕的职业嗜好，坐吉普车看地形更是他的职业习惯，这和坐轿车完全不同，坐轿车只能看风景而不能看地形。

　　粟裕登上一处守备阵地的制高点，捧着地图与实地对照，一边听有关人员讲解一边思索，还不时地提出一些问题。

　　粟裕当时虽无职无权，脾气又好，但他威名赫赫，目光犀利，令陪同的部队领导也肃然起敬。

　　从制高点下来，陪同人员总算松了口气。不料粟裕又提出要到对面的制高点去看。

　　这是要从进攻者的角度观察我守备阵地，仅此一点，就给指战员上了一课。

　　粟裕战场指挥历来如此，尽可能多角度地把地形看活。看活了，地形就是兵力，就是武器，就是协同。

　　当粟裕回到北京后，周恩来听他把情况和看法说完，就陷入了沉思之中。

　　这时，粟裕倒希望总理反驳自己，并摆出令人宽慰的分析来。

　　然而周恩来的表态一字一顿："我同意你的观点。"

　　粟裕以一个老战士的耿耿忠心，向党中央、中央军委写出书面汇报交了上去，同时也就等于把自己的命运交了出去。

当时好多同志提醒粟裕，该项边防建设是经毛泽东批准的。

粟裕说：

> 作为一个老兵，对国家安危负有义不容辞的责任，看到问题不说，就是犯罪；不能因为主席批了就不如实反映情况，虽是主席批的，也要看报告情况时是怎样报告的。

粟裕做好了最坏的准备。

不过，毛泽东对这位小个子同乡的谏言颇为宽容。

后来，粟裕又陆续送上了他的关于加强歼击机部队建设、夺取未来战争局部制空权，以及关于未来反侵略战争作战指导问题等一系列报告。

但这时，毛泽东正在考虑另一个问题。这时的毛泽东正以小球转动大球，通过"乒乓外交"打开了中、美关系这道大门。事实上，这种国际关系格局的改变导致了某种均衡，使战争危险性对中国相对减弱了。

1979 年 1 月 11 日，中央军委常委粟裕走上军事学院的讲坛。

站在麦克风前，粟裕刚说了句"同志们"，便从高级系毕业班全体学员中爆发出雷鸣般的掌声，这掌声经久不息。

中央军委决策

从这个讲坛发出的声音，中央军委听到了，全军都听到了，这是一次颇有见地的发言。

在这天，粟裕作了题为《对未来反侵略战争初期作战方法几个问题的探讨》的重要报告。

粟裕尽量缩小题目，内容阐述重点在作战方法之上，建构了在战争初期我军战略方针的清晰轮廓。

粟裕还描绘了战争中后期在纵深平原地带与敌重兵集团决战的情景，但他不提毛泽东作为战略方针核心的"诱敌深入"。

很明显，粟裕在发挥他个人对战略方针的构想：

> 敌人打进来是另一回事，我方决不主动把敌人诱进来和放进来；在战争初期，就要用抗住敌人战略突袭的"三板斧"，形成初期的相持局面，以争取一定的时间。

在讲话即将结束之时，粟裕语重心长地加大了力度讲道：

> 毛泽东同志指导战争的基本原则仍然适合今天的客观情况，但是，也必须结合实际灵活运用；有的原则，已经不适合今后战争实际的，应当敢于突破；至于限于历史条件，毛泽东同志没有提出的，没有讲过的，而在今后战争中又是必须解决和回答的问题，则要敢于创新，

敢于发展。

> 我们这样做，不仅不是违背毛泽东军事思想，恰恰是真正坚持了以毛泽东军事思想为指针的这个正确原则。

粟裕的惊人之语震动了军事学术界，真可谓"一石激起千层浪"。

这次讲课之后，各大军事单位的邀请排满了粟裕的日程，一传十，十传百，中央党校也找上门来，恳切要求粟裕为他们讲课。另外，《解放军报》还将粟裕的报告作了选载。

粟裕在各大军事单位作的报告，激活了中国的军事学术研究气氛，更直接推进了军队领导人和首脑机构对战略方针的积极反思，也为一年后的"801会议"做了理论奠基。

总参领导在接到粟裕的报告后极为重视。杨得志、杨勇和张震都认为，战略方针确有调整的必要。张震更是倾向于去掉"诱敌深入"，只用"积极防御"。

为了进一步深化对军事战略方针的认识，也为即将召开的"801会议"提供更生动的现实依据，在军委、总部指导下，全军各大军区、各军兵种展开了广泛深入的调查研究。

时任中国人民解放军总参谋长的杨得志和时任副总参谋长的杨勇从敦煌开始，沿沙漠边缘、草地到承德，

中央军委决策

对我国北线地形进行了实地勘察。

他们一路听取了沿途各军的防御作战部署汇报，并对未来反侵略战争中的作战指导思想作了一系列重要指示，其核心思想，就是要实行"积极防御"，必要时主动出击入侵者。

在深入调查研究、广泛征求意见和充分酝酿的基础上，总参进一步加深了认识，逐步形成了以"积极防御"为作战思想的共识。

回到北京之后，他们向邓小平作了报告和请示，得到了充分肯定。

这些调查研究，最终促成了 1981 年的华北实兵军事演习，为提高我军的"合成"能力唱响了序曲。

京西宾馆"801 会议"

1980 年 1 月,在华北军事演习的大本营京西宾馆,参加全军高级战略问题研究班的高级将领们,掀起了军事理论的热议,对毛泽东"诱敌深入"的军事战略方针作出了历史性的重大更正。

会议决定保密代号为"801 会议"。其主要议题就是我军在新时期的军事战略方针。

出席会议的有中央军委、三总部、各大军区、各军兵种、国防科委、国防工办、军事科学院和军事、政治、后勤三大学院的主要领导同志,共 100 余人。

京西宾馆始建于 1959 年,苏式建筑风格,坐落在北京西长安街,与中华世纪坛、中央电视台、军事博物馆隔路相望。

京西宾馆作为我国的党政军会议中心,在管理与保卫工作上与中南海和人民大会堂同一级别,有着特别严格的保卫措施。特别是像召开"801 会议"这样的重大事情,其保卫措施更是严格。

虽然事先对这些全军中高级军官打过招呼,但是当与会者从贴着个人姓名标签的房间步入会议室时,会议的议题还是令与会人员感到紧张和陌生。

会议的第一阶段,是学习、领会毛泽东的战略思想,

中央军委决策

分析国际形势的发展趋势，研究我军如何以劣势装备战胜优势装备的敌人。

为了加深理解，会议开始时，还邀请时任外交部部长的黄华作了关于建立反对霸权主义统一战线问题的报告。另外，由总部有关领导分别介绍了相关情况。

在会上，大家进行热烈的讨论。

当时，既定的中央军委军事战略方针是"积极防御，诱敌深入"。这一军事战略方针熏陶了人民解放军这所大学校的全体学员，参加这次"801会议"的这些要员自然也不在其外。

为了好记，军事战略方针曾被概括为"二十一字方针"，那就是：

积极防御、诱敌深入，打人民战争，打歼灭战。

这一军事战略方针在20世纪70年代形成，其核心是"诱敌深入"，防御重点在"三北"，即华北、东北和西北。

当时毛泽东和中央军委的基本考虑是：

未来战争初期，敌我力量对比仍然是敌强我弱，敌进攻我防御，敌主动我被动，如果排开一条线，分兵把口，处处设防，战线拉得过长，敌人到处可以突破，突破了就会处处告急。

只有大胆地、主动地、彻底地诱敌深入，把敌人放进来打，才有理有利，才能最大限度地发挥人民战争的威力，使敌人拉长战线，兵力分散，后方空虚，背上包袱，便于我们审时度势，有把握地集中优势兵力，选择最有利的时机和地点歼灭敌人。

为要诱敌深入，有计划有准备地把敌人放进来打，又不使敌人长驱直入，必须选择一些要点，依托预设阵地，坚决守住。在长期的反复争夺中大量消耗敌人的有生力量，挫其锐气，为以后的歼灭战创造条件。

当时的设想，是在敌人最可能进攻的方向上按三线部署：

第一线边防部队主要起警戒和通风报信作用，敌人进来后则留在敌后打游击；
第二线组织守备部队坚守；
第三线用一定数量的野战部队坚守，非到万不得已，不能放弃。

按照"积极防御，诱敌深入"的军事战略方针，当时中国曾动员大量人力、物力，进行了防御工事的建设，

形成了"全民皆兵"的空前热潮。

积22年武装斗争之经验和在十余年和平时期巩固国防实践所形成的这一军事战略方针，已然具有系统理论化和高度经典化的特点。

军事战略方针乃战略全局之重大决策，而军人更以服从命令为天职，所以，中国军人习惯于理解的执行，不理解的也要执行。

而且从新中国成立以来，人们对毛泽东的路线、方针、政策，从来是学习、领会和贯彻。对毛泽东的军事战略方针进行讨论甚至质疑还从来没有，也可以说，好多人连想都没有想过。

虽然统帅部认为对毛泽东的一些观点重新审视和加以修改是必要的，但毛泽东的军事思想、战略战术原则及"积极防御，诱敌深入"的军事战略方针，则是经过战争实践检验的，普遍认为是完美无缺和无可非议的。

"801会议"的指导思想恰恰是在军事科学领域，特别是战略问题上解放思想，全面地科学地分析原军事战略方针的缺陷，并给予新的发展和完善。

具体说，"诱敌深入"这一提法将被调整。

无疑，这引起了很大的震动。

其实，京西宾馆的震动，比预料的大得多，单从严格的保密措施就能看得出来。

"801会议"规定：

不准会客，控制外出。

其实，即使让会客、让外出，与会者也没有心思旁顾其他，早把心思用在这次从未有过的讨论、研究和学习之中了。

在会议室里、在宿舍里，激烈争论的各方引经据典，纵论战史，直争得不可开交。

上下级的概念模糊了，兄弟单位的面子不顾了，只要说得对，只要主义真。有的讨论组分成两个阵线，有的组有多少人就有多少条阵线。

一位将军后来开心地笑着回忆说："那个争呀，就差武斗了。"

因讨论而误了开饭的事屡见不鲜，到了饭桌上也时不时冒出一番争论。所有争论的焦点，都集中在"诱敌深入"上。

事实上，统一认识，最高层容易，而中高层就不那么简单了。

最高层的老帅老总们久经沙场，长期掌握全局，每次大的战局转换都伴随战略方针的改变和调整，他们因而培养了独立研究战略方针的水平和能力。毛泽东在世时，元帅们就对战略方针问题直言不讳。所以，与其说这次是对军事战略方针重新统一认识，倒不如说是一拍即合，正所谓"英雄所见略同"了。

但是，当最高层的认识成果提交给"801 会议"上的

中央军委决策

中高级军官作进一步讨论时，他们中的部分人不仅思想上准备不足，在实践和理论准备方面与最高层的差距也显露出来。

尽管"诱敌深入"让这些高级将领们难以舍弃，但在学习讨论中大家认识到，历史在前进，时代在变化，未来战争的对象在变，武器装备和战争方式也在发生巨大的变化。

况且，我们自己也在变：我们的疆域已不是过去武装割据的根据地，而是领土完整、主权独立的人民共和国；我们的摊子不再是坛坛罐罐，而是具有相当基础和实力的庞大经济体系；我们的政治经济依托的不再是偏远农村，而是以初步现代化的科学技术和工业为重心的大中城市；我们军队作战的武器装备补充不再是靠从敌人手中缴获，而是凭借强大后方的有力供应。

战争一旦爆发，敌人使用强大兵力实施宽正面、大纵深、高速度的突击，进攻的战略目标绝不会是边远荒凉之地。

我之战略要点，即敌之战略目标。诱也好，不诱也好，敌人总要设法揳入我们腹地，打击或夺占我们的政治经济中心，而我们的政治经济中心恰恰比较靠前。

敌重兵集团不付出惨重代价，在战争初期就被诱进来，其后果不堪设想。

敌企图速战速决，放进来必然助长敌之气焰，敌迅速占领我战略要地，不利于我维系民族信心和士气。

轻易让敌方占领大城市，将极大地削弱我国战争资源和潜力，甚至使其为敌所用，使我陷入更大被动。我军退居平原腹地作战，敌强我弱的力量对比将更加明显，增大了战局迅速恶化的危险。

战争初期，则必须防止此种局面出现。

因此，主要的作战方式不是运动战，不是大踏步地前进和后退，不是战略上的诱敌深入，而是以阵地战为主，以坚守防御为主，不放过有利条件下的运动战和歼灭战。

坚守防御，主要是依托纵深配置的既设阵地，坚决抗击敌人战争初期的突击，以空间争取时间，完成战争初期的作战任务。

战争初期任务很多，总体上是制止敌人长驱直入，争取到足够时间，以掩护国家转入战时体制，即全民动员，扩充部队，军队初期扩编，人口疏散，工厂搬迁，掩护我军主力战略展开。

作战中，不排除战役和战术的诱敌深入，而作为战略方针，则必须放弃"诱敌深入"。

在军事科学院，他们系统研究了毛泽东关于"诱敌深入"的原则，从立场、观点、方法上，比较了毛泽东几十年的数次论述，提交与会者参考。

经过学习，将军们不仅在思想上有了很大提高，而且他们还注意到，毛泽东讲"诱敌深入"，在红军时期多一些，越往后就越少。同时，战役上占多数，战略上并

中央军委决策

不多，战略上的"诱敌深入"也多是在红军时期讲的。

在热烈讨论、认真学习的基础上，高级将领们转入第二阶段，即由各军兵种、总参有关部门讲课，一共讲了 15 节课。

这对与会同志了解各军兵种的建设情况，树立合成军队的思想，研究解决诸军兵种协同作战的问题，起到了较好的作用。

会议的第三阶段是总结提高。

叶剑英、邓小平、徐向前、胡耀邦、彭真等党和国家领导人接见了与会同志，并作了重要指示。

中央军委的军事战略方针的新表述，正有待在实践检验中深化与细化，一场大演习势在必行。

确定"积极防御"战略方针

1980年10月15日，邓小平的座车准时到达京西宾馆。

按预定议程，邓小平将向参加"801会议"的全体人员发表重要讲话。

高级将领们一个个正襟危坐，表情肃然。

对这位贯穿于整个中国共产党党史和从红军到解放军整个战争史，能在中国名将刘伯承、粟裕之上担任淮海战役总前委书记，新中国成立后赫赫名列第一代中央领导核心之中的小个子，高级将领们的敬意各个有别，而畏惧之心则属共同。

早在20世纪70年代，邓小平就已经敏锐地意识到了确定我军新的战略方针的必要性。

邓小平当时客观地分析了国际上战争与和平两种力量的相互关系。他认为，战争的因素在增长，制止战争的因素也在增长。世界大战再有5年或更多时间还是打不起来。他说：

> 世界大战短时间打不起来，中国可以争取到一个较长的相对稳定的和平时期。军队建设指导思想应该从早打、大打、打核战争的临战

中央军委决策

状态转到和平时期建设的轨道……

在全场热烈的掌声中，邓小平健步走上讲台。

邓小平开宗明义：

> 我们未来的反侵略战争，究竟采取什么方针？

在这宽敞的会议厅里，顷刻间回荡着邓小平的有力发问。

关于军事战略方针的大讨论，在军界高层已经持续了半年。连同早前开始的真理标准大讨论，也有一年多了。时间不算长，但对于看准机遇，渴望尽快百废待兴、百业待举的共和国，对于时年 76 岁的邓小平，步伐还应当再快一些。

邓小平一锤定音：

> 我赞成就是"积极防御"4 个字。
>
> 积极防御本身就不只是一个防御，防御中有进攻。

在新的高度和广度上，邓小平阐述战略思维：

> 积极防御也包括我们出去的，人若犯我我

必犯人嘛！所以我们的战略问题不能太死，我们军队的好处就是活。

基于敌强我弱的力量对比，战争年代我军长期坚持诱敌深入方针，而今敌强我弱的基本态势没有改变，但是我们自己的整体情况发生了变化。

关于凭借劣势装备能否有效地实施"积极防御"方针，邓小平语重心长地说：

一旦有事，还是我们的老话，立足于自己。立足于自己就要有信心。人家是优势装备，我们是劣势装备，新式一点的好一点的装备，不可能搞得那么快，也没有那么多钱来搞。

所以，要是打仗还只能立足于我们现有的武器装备，立足于比现有武器装备好一点这个基础上。武器装备，比现在稍好一点是可能的，好得太多一下办不到，没有钱。对这一点，大家心中要有数。买先进的作战飞机，你能买几架？买几架就买穷了。我们有劣势装备对付现代化装备的传统，要相信有这个本领。

邓小平进一步论述：

既然是积极防御，本身就包括持久作战，

中央军委决策

战争肯定是持久的，一定要搞持久战，中国有这个条件。中国的特点是不信邪，这次边境作战就表示了我们不信邪，老虎屁股可以摸一下。

当时世界上一片怕声，怕得要命，但我们表示不怕。我们中国有几个特点，一个不信邪，一个我们有持久战的传统。

从 1927 年算起，从井冈山算起嘛，当然不只是井冈山了，到解放战争结束是 22 年，加抗美援朝战争是 25 年。就拿抗日战争本身说也是 8 年，如果抗日战争加解放战争是 11 年多。所以我们有持久战的传统，还有劣势装备战胜优势装备的传统。

过去我们什么时候是以相等的装备战胜敌人？都是很劣势很劣势的装备战胜现代化装备。

现代化装备不是没有缺点的，两只脚当然跑不过摩托车，跑不过坦克，但是两只脚方便得很，只要有点小米就行了，坦克、飞机也要"粮食"，一旦卡断了，就不行了。

淮海战役时，黄维兵团是机械化装备，坦克也不少哇，最后断了补给，坦克当作工事，周围一圈都是坦克，根本不顶用。这个很多同志都是知道的。

所以我们有劣势装备战胜强大装备的传统。这一点要强调。我们总是要立足以弱胜强，以劣势装备战胜现代化装备，以持久战消耗敌人。所以战略方针是积极防御。

......

10月16日，叶剑英也作了重要讲话。

叶剑英说：

将来打起仗来，敌军可能从天上、地上、海上一齐来，前后方的区别就很小了。这将是一场空前的立体战、合同战、总体战，就是打常规战也与过去不一样了。

就地面作战来讲，主要是对付敌军集群坦克的连续突击，还要对付它的空降。就我们自己来说，许多方面与过去不同了，同过去的小米加步枪不一样了。特种兵多了，重装备多了。敌我双方的这些变化，必然给未来战争带来新的问题，新的特点。

......

经过讨论、比较和鉴别，中央军委积极防御的新战略方针得到解放军全体将领的一致拥护。下一步，就要将之付诸实施了。

中央军委决策

邓小平听取演习方案汇报

1981年3月10日上午，邓小平住处临街的院门准时敞开，挂着"辰5"字号车牌的两辆黑色高级轿车正好驶到，一先一后驶入院子。

车门打开后，当时任中国人民解放军总参谋长的杨得志和副总参谋长张震从车上下来。

礼貌有素的工作人员迎住两位将军说："首长在等。"说完便前行引路。

杨得志迅速瞥一眼院落，只见迎春花和桃花正含苞欲放，枝上凝着冬的冷峻和春的含蓄。

要是在别的地方，这位1955年被授予上将军衔的老将军会当院高喊主人："我老杨来了。"但在邓小平处不行。别说大将、上将，即使十大元帅，能排在邓小平前面的，也仅两三人。

谈话预定内容，是总参谋长杨得志向中央军委主席邓小平汇报北京军区组织战役演习的方案与军委办公会议意见。

在这以前，张震副总长已于3月6日呈上请示信。邓小平这么快召见，看来拍板的时间已经到了。

想到拍板，杨得志不由忆起两年前武汉的事。

那时他任武汉军区司令员。中央军委决定，杨得志调任昆明军区司令员，即刻飞赴前线，接手边境自卫反击作战部署与指挥。

杨得志戎马生涯的前半生不去说了。这后半生，他的职务一步步南迁：继彭德怀之后任中国人民志愿军司令员；回国任济南军区司令员；1973 年 12 月，被毛泽东主席召到北京，唱过《国际歌》和《三大纪律八项注意》后，毛主席宣布八大司令员对调，杨得志任武汉军区司令员。

20 多年，从冰天雪地的朝鲜，经黄河，经长江，一直迁任到亚热带山岳丛林的南国边陲，横贯了整个中国。在昆明军区完成作战任务之后，杨得志回京，从邓小平手里接过总长之职。

十一届三中全会后，军队也经历着艰难的工作重心转移。

邓小平任中央军委主席决策的第一件大事，便是激扬军威，全面检验和提高军政素质，组织此次国外罕见、国内空前的、方面军规模的战役实兵大演习。

来到屋里，杨得志敬礼。

邓小平伸出手，杨得志握过，侧开身让给张震。接着，各自落座。

开门见山，话题直接进入演习事项。

杨得志很清楚，见邓小平其实很简单，不必多问候，他也不会同你拉家常，约什么事就谈什么事，一二三四，谈完就完。他征求你意见，你必须抓紧扼要说。他拍了

板，你不要再多啰唆一句，否则必碰钉子无疑。

杨得志说道："我们简要地把演习的方案向您汇报一下。"

张震送上演习的方案图。

邓小平说："这个图我看过了。"

这显然是说，整个情况我已经知道了。

既如此，杨得志当即大幅度压缩汇报内容，只用几分钟时间，就预想的 3 个方案作简要说明，然后干脆利落地结束汇报："到底怎么确定好，请邓主席指示。"

邓小平轻轻磕掉烟灰，调整了一下坐姿，思索的目光转向张震。

工作人员早为来客送上茶杯，又悄悄退下。在一旁，正有专人在记录。

张震上身微向前倾："再就第一方案作些补充说明。"他表述得简洁清晰。

张震补充完毕，和杨得志静静望着军委主席，请他定夺。

邓小平一步到位：

由于演习，在政治上会不会引起苏联有什么反应，不要考虑。这与海军编队在海上演习不同；海上演习可能引起人家猜想，我们只是在陆地上搞演习，与海上演习就不一样了，苏军也搞嘛！苏军每年要搞多少次，规模也不小，也没有政治上的反应。我们过去也搞过嘛！

杨得志、张震很专注地听着。

77 岁高龄的邓小平说话缓慢，但很有力度，左手夹着烟，右手时而有个强调动作。思路惊人的敏锐，一句话一层意思，环环相扣。

谈完国外，邓小平把话题拉回国内：

搞这么一次实兵演习有好处，我们的部队可以实际锻炼一下，也可以看看部队训练的成果。这样大规模的演习，咱们好久没有搞了，只在旅大、辽东半岛叶帅主持搞了一次，我去看了，你们也去了吧？

杨得志不无遗憾地回答："我们在战役系学习，都没有去。"

张震也响应地点点头说："是挺遗憾的，叶帅组织的辽东半岛抗登陆演习，气势磅礴，非常成功，后来只是从电影上看的，与现场感觉是不能比的。"

邓小平竖起一根指头：

还有一个，搞这么一个演习也是给军队打打气。要搞合成军，天上地下该有吧！这次演习，有地面部队，有空军协同，只是没有海军。

中央军委决策

这样的演习对军队有鼓舞作用，经过训练再搞实兵演习，可以提高部队实战水平。多年没有搞了，还是搞一次。军委常委同志不是都同意吗？

杨得志说："对方案没有不同意见，只是感觉规模大，花钱多。"

说这话的时候，杨得志还在思索。

邓小平讲的是演习问题，但着眼点显然是从政治战略上考虑，给部队打打气，有鼓励作用。无疑这是经过深思熟虑才说出来的。

毛泽东讲话喜欢旁征博引，从侧面点拨。邓小平是单刀直入，一针见血。但共同特点都是深入浅出，大话小说，看似不经意的即席发挥，深意却潜在里面。邓小平方才的话，表面虽没离开方案，但实际上已超出方案和军事范畴，是在从政治上为演习规定指导思想。

果然，话锋又翻出一层：

部队阅兵式、分列式也好久没有搞了。不能说阅兵式、分列式是形式主义，对部队作风培养都有教育意义。现在有的部队懒懒散散不像个样，我想适当的时间要搞一次阅兵。

阅兵对军队在人民的观瞻中有好处。现在人民不知道军队在干什么，经过阅兵式、分列式，把军队摆一摆给大家看，给人民看，这样更加强了军民关系，对加强军队训练也有作用。

杨得志默记：阅兵，观瞻，军民关系。

张震说："去年搞了一次阅兵，空降兵走得最好，大家反映很好。"

邓小平说："那次演习听说搞得不错，那次演习规模不大。"

张震说："那次演习是一个师，也用了空军。演习的钱花了 67 万元，动用储备物资 210 万元，主要是油、弹药要钱。"

邓小平说："就是用油多一些，现在我们油还不多，打的炮弹也多一些。"

邓小平掐掉烟头扬了一下手掌："就按第一方案搞一次，节约一点儿。总参具体抓。"

张震说："杨总长是领导小组组长，具体的请秦基伟同志搞。"

邓小平说："看看部队这次搞得怎么样，这样的规模我们过去没有搞过，关键问题看这次的组织能力怎么样。"

张震说："北京军区集训干部已搞过 4 次图上作业，已经有一定基础。"

中央军委决策

邓小平说：

　　演习时各军区首长、各军兵种首长要组织一些干部来看。总参要抓。这笔钱还是要花，要搞好一点儿，要把部队的气鼓一下，要把军队训练得像个军队的样子。用炮弹可以，就是油多花了一些，现在主要是生产不出来。

最后，邓小平说："好吧！就这样。"

张震 3 月 6 日的请示信已平展在案头，邓小平提笔批示：

　　同意第一方案，力求节约。

邓小平

3 月 10 日

总参传达邓小平军演指示

1981 年 3 月 12 日，在总参机关第一会议室，张震传达邓小平的批示和关于演习问题的指示。

杨得志讲话，表明对邓小平批示的态度，并宣布演习代号。

国防部部长耿飚、北京军区司令员秦基伟和各军兵种负责同志到会。

秦基伟对邓小平的决策和演习任务的最终赋予毫不意外，但觉责任沉重。

其实，对这一刻，秦基伟已经等了很长时间。

1980 年初秋，秦基伟赴中原参观兄弟军区演习。演习在野战条件下进行，参观者住农村民房，接待工作不很严密，秦基伟的原话是"蚊子满把抓"。尽管情绪上打了些折扣，但成功的演习仍鼓舞了秦基伟。

归途路过保定，秦基伟就问军区作战部副部长侯希铎："我们就不能搞个大些的演习?!"那语气，那表情，真可谓深切地企盼了。

1980 年底，总参谋部、总政治部、总后勤部联合下达演习指示：

中央军委决策

北京军区于 1981 年秋季组织实兵演习。

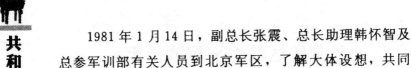

1981 年 1 月 14 日，副总长张震、总长助理韩怀智及总参军训部有关人员到北京军区，了解大体设想，共同研究有关问题。

2 月 5 日，中国传统节日春节。秦基伟登门拜年，交上一份厚礼：演习方案设想。

2 月 25 日上午，在总参第一会议室，军委及总参领导听取了北京军区的正式汇报。

在 3 月 10 日上午见邓小平之前，杨得志曾经再一次打电话给秦基伟，就演习方案作最后推敲。

在 3 月 12 日的会议上，军委、总部和各军兵种领导同志也都热烈发言，说邓主席给了军队最大信任、最大支持，军队要创造出最好成绩。

还没演习，气先打足了。

有位老将军说："搞演习花钱多，我们可要准备挨骂哟。"

花钱挨骂倒也罢了，不花钱也照样挨数落，这口气老将军们怎么也难咽下去。

将军们指的是"渤 2 事故"。

就在前一年，石油战线发生了一起事故："渤海 2 号"海上石油钻井平台在大风浪中倾覆，多人伤亡，损失严重。

虽然这件事与军队毫无组织上与责任上的关系，但总结的一条重要教训却攀上了军队，并且一而再、再而三地见诸报端。

报称，教训之一，就是某些领导者仍用战争年代军队指挥打仗的那一套指导经济建设。一句话，蛮干。

说者无恶意，绝大多数中国人也没很在意这句话。但是，听者有心，这句话确确实实严重伤害了中国军人的职业自尊，伤害了武装力量的形象。

一时间，军界涌起轩然大波：

怎么可以拿军队形象为这件事垫背?! 军队指挥打仗的那一套就那么简单随意、一文不值吗?! 共和国的一切，就是靠这一套打出来的!

在战争年代，毛泽东号召全党学习军事，毛泽东本人就是指挥艺术高超的战略家、军事家，他的军事思想和他以三大战役为巅峰的战争指导实践，在军事科学和战争史上都是醒目的得意之笔。

在军人看来，"渤2事故"恰恰就是违背了军队指挥打仗的科学统筹与严格组织，以及对天时、地利的详尽掌握和相应对策。

严格地说，战争指导与经济建设指导是科学的两条战线，两者相通是一种艺术，可以说是一种高层次的契合。军队若是就此事麻木不仁和毫无反应，那将比受到伤害本身更可怕千百倍。

因此，华北大演习任务下达后，军人的强烈决心和高昂士气中，很大程度上不可避免地带有争气的色彩。

不能责怨将军们火气大。军队的地位，就是国家的

中央军委决策

地位。古人云，兵者，死生之地，存亡之道。《百战奇略·忘战》说得更清楚：

> 夫安不忘危，治不忘乱。黄帝制五兵，以备不虞。是以古者春搜、夏苗、秋狝、冬狩，皆以农隙以讲武事。

国防部部长耿飚对此态度简单明了："挨骂也要顶住。"

接受任务的秦基伟说：

> 钱不够，我们体谅国家困难。我再说一遍，我们不仅不发演习财，还要把北京军区的家底子拿出来，砸锅卖铁，也要搞好演习。

由此，总部、有关军兵种、北京军区的首长和机关，立即进入异常紧张严肃的工作状态。军事首长和作战、机要、通信部门工作量的繁重更是超乎寻常。

北京军区以及空军所属许多部队相继开始高标准大强度的训练。各级会议、文电突然激增，保密制度相当严格。

随即，各部队停止休假，探亲、外出人员也都奉召火速返营。

有些跨战区调动的部队还控制了私人通信。多数部队的指战员经允许发了一封信，口径如队列般整齐划一。亲属被告知："部队将执行任务，不要再向营房发信。"至于是什么任务，在什么地点，只字未露。

实际上，许多基层指挥员也的确难以对演习任务全貌作出描绘。

军人亲属们的心里怦然而动：南疆，北疆，还是其他边境？

北京军区的部分野战军、地面炮兵师、高射炮兵师、坦克师、工程兵部队，防化、伪装、电子对抗、通信、气象等专业技术分队，以及海空军有关部队，以铁路输送和摩托化行军的方式，分批出动。万余辆军用汽车，数百列军列汇成浩浩铁流，昼夜兼程隆隆开进，辽阔的华北大地发出轻微震颤。

继之，空军飞行部队相继出动，歼击航空兵、轰炸航空兵、强击航空兵、直升机部队，通通实施远距离大机群转场。

空中、地面交织成立体开进图，其场面，其气势蔚为壮观。条条路线均指向京城以北阴山之中长城脚下军事重镇——张家口。

日本和苏联最先作了公开报道。各国很有名气和不怎么有名气的情报部门都睁大着眼睛看中国。

香港《争鸣》杂志披露所谓"军事演习内情"：

这次军事演习，最大的特点是调动了全国

中央军委决策

空军。参加演习的各种军用飞机不止一两千架。这些军机原来是分属各个军区，分布在各个基地。演习时中央军委一声令下，这些有演习任务的飞机就在同一时间到达张家口上空，在预先指定的不同层面上飞行。直升机在低空，运输机、轰炸机在中层，战斗机在高空。演习中各自编成队形，重叠交叉地掠过"演兵场"的上空，还有大规模的跳伞。

二、 演习准备

●1981 年 3 月 18 日，北京军区召开华北军事实兵演习准备工作会议。北京军区司令员秦基伟、政委袁升平主抓。

●经过反复观察比较，广泛征求各方面的意见，最后，他们定下 4 个视野开阔的演习场和参观点，以及整个演习框架。

●"802 会议"研究的重点，是战争初期方面军防御战役的组织与实施。

召开华北军演准备工作会议

1981年3月18日，北京军区召开华北军事实兵演习准备工作会议。

这次会议成立了集训和演习领导小组，总参谋长杨得志任组长，副组长是杨勇、秦基伟和张震。

北京军区司令员秦基伟、政委袁升平主抓。

领导小组下设集训办公室，北京军区主管训练的副司令员马卫华担任办公室主任。

集训办公室下设秘书组、教材编写组、接待保障组、电影组等，导演部由北京军区参谋长周衣冰负责。

邓小平在"801会议"上对军事训练提出了更高的要求，就是要搞合成军的作战训练。于是会后，总参谋部立即提出，要在几个主要方向上分别组织一次较大规模的实兵演习，并倾向于首先在华北方面组织防御作战演习，具体地点定在张北地区。

这次华北军事大演习规模之大，在解放军的历史上是空前的，可能也是绝后的，因为之后再没有举行过这样的有11万军人参加的大规模的陆空联合军事演习。

为了搞好这次演习，秦基伟在会上讲话讲到搞好演习的有利条件时，他特别强调了"有邓主席的重要指示，有中央军委和总部的直接领导"。

秦基伟说：

邓主席非常关心我们这次演习，作了重要指示，这是我们完成好这次演习的强大动力。把邓主席的指示向全体指战员传达后，必将产生极大的鼓舞和推动作用。

军委、总部也非常重视，杨得志总长亲自担任领导小组组长，杨勇副总长、张震副总长担任副组长，参加领导小组的还有三总部和军、兵种领导同志。这是我们完成好任务的重要保证。

根据邓小平"力求节约"的批示和杨得志有关节约经费的主张，秦基伟提出具体要求：

搞演习是要花钱的，但要尽量少花，即使是正当的必要的开支，也要精打细算，不要大手大脚，特别是要注意节约油料、弹药、摩托小时，减少损坏群众的庄稼。

这次演习规模大，参加部队多，车辆多，稍不注意，浪费起来就是个很大的数量。招待工作要朴素，要学老八路。炸药包要小点。

目前国防经费很紧张。在这种情况下，我们一定要十分注意节约，力求少花钱，多办事，

演习准备

把这次演习搞好。

华北大演习要求高，工作量大，难度也很大。时间紧，只有半年，没有划给单项工作时间。到时，党和国家领导人及全军的高级将领都要来参观，因此要求快速、高效、优质。

集训、演习、阅兵、编教材、拍电影、接待参观，以及与任务相配合的许多保障工作等，几乎同时展开，而且不少事情要从零开始。

集训、演习要现编教材，且无可参照。

阅兵也十多年没搞过了，缺乏懂行的骨干。

华北地区是重要作战方向，多年来虽然构筑了大量坚固的防御工事，但要进行战役规模的阵地防御演习，还需要临时加构相应的野战工事。

此外，招待住房不仅质量差，而且不够，这都大大增加了工作量。

本来，北京军区提出这是全军的行动，建议总部直接抓。但因为演习涉及调动兵力，涉及与地方打交道，涉及土地赔偿等一系列问题，总部决定，还是交给北京军区实施。

因为北京军区已经连续4年举行了集团军规模的战役集训，干部、机关有较好的基础，有能力搞好方面军的演习。

大演习当中，战士没有什么太具体的动作，主要是演练首长的指挥能力。谁也没有搞过这么大规模的演习，谁也没有见过大规模的坦克进攻是个什么样子。

于是，北京军区确定组织演习的基本框架：

在现代防御战役中，无非是反突破、反空降、反突击，因此，从防御战役的全过程中，截取 4 个重要段落作为演习课题。

这个框架用他们的话说叫四出"折子戏"。围绕这一组织思路，一场空前的大规模的演习准备开始了。

演习准备

严格落实演习各项安全措施

由于华北大演习超乎寻常的重要性和特殊性，它对场地的要求近乎苛刻。

演习场地一般看地理位置、地形状况是否符合战役战术要求，能不能较好地体现作战指导原则。但这次大演习的最大特点是有大批高级干部检阅参观，还要尽量多地组织当地人员观看。

所以不仅要选演习场地，还要选几个参观点。一个课目选一个点，参观点要求进出方便，容量大，视野宽，不需要转场即能观看演习全过程，既不影响演习动作，又要绝对保证安全。

山上居高望远，但容纳不下那么多人和车，平地视野又不好，找比较理想的参观位置就成了难题。过去选演习地点，都是机关干部选。这次要求高，马卫华、周衣冰和总参军训部领导们带着演习部队进行勘察，各军兵种首长也亲自出动。

经过反复观察比较，广泛征求各方面的意见，最后，他们定下 4 个视野开阔的演习场和参观点，以及整个演习框架，紧接着，就开始狠抓落实现场安全措施。

每个课题，依照作战时间需要持续数天，从参观角度看仍嫌太长。况且一个师的作战范围纵深数十公里，方面军规模纵深几百公里，早超出了视线。那时没有电视直播，只能听解说。

马卫华主张浓缩，突出重点，每个课题都缩短到两个半小时以内，同时，把主要动作和情况显示尽量置于参观者的视野中。

战例研究了上甘岭战役，秦基伟是打上甘岭的那个部队的军长。想定作业是方面军的，拿北京军区预案作想定作业的背景。

实兵是集团军规模，抗击敌人坦克进攻。研究敌人大量使用坦克；漫山遍野的"乌龟"有什么特点。敌人空降，立体进攻，天上地上一齐来，怎么对付？

关键要守住阵地，在两个最重要的方向组织步兵师防御。但敌人突进，不可能防住，后续部队要反击，保住阵地。

过去打仗的关键是连队，所以训练强调200米内的硬功夫，像1964年的"大比武"，其实都是"小动作"。而现代战争是联合作战，搞不好就自己打了自己，不是你把我炸了，就是我把你伤了。

在北京军区召开的准备工作会议上，杨得志总长和杨勇副总长到会并讲话。

杨得志在讲话中提到"渤2事故"，要求总结教训，改变对军队指挥打仗的简单化看法，鼓励大家认真贯彻邓主席指示，创造一流成绩，一定要用实际行动改善"观瞻"。

演习准备

秦基伟司令员紧挨杨得志坐着，他由衷地感激总部领导对北京军区工作的指导和关心。

总参谋长杨得志在会上特意提到"渤2事故"，就是要求认真贯彻邓小平同志的指示，严防事故。一定要非常准确，密切协同。

这次大演习是陆空联合作战，除海军外几乎所有兵种全部亮相，电子对抗部队刚组建，也露了脸。部队装备的所有类型的火炮和坦克全部出动，地面部队的活动涉及两万多平方公里，加上空军10多个场站出动10多种机型，演习地域达到30多万平方公里。

大量的实兵实车实弹实爆，真不是闹着玩的，一不小心就可能出大事。一发炮弹飞过来，几十人上百人都能炸掉。

有一年部队演习，协同信号有问题，规定火堆和布板为投弹处，但没有想到火焰喷射器喷出来的也是火，飞机误以为是信号，俯冲下来就扫射，弹着点距离马卫华和郑维山的战壕仅仅两米。本来指挥所不让马卫华和郑维山上前线，他们不听"指挥"，差点给"报销"了。

华北大演习非同一般，中央领导除叶剑英身体不好没有来之外，包括邓小平、胡耀邦在内的所有的政治局委员、政府领导、各省第一书记几乎都来了。王震那么大岁数也来了。还有全军高级干部战役集训班的200多名大军区司令员、政委。可以说，几乎所有党政军的最高首脑都到了场。所以，绝不能发生任何事故！

是否安全，是这次演习好坏的重要着眼点。安全问题不仅仅是安全本身，更是严肃的政治问题。军区党委提出硬性要求，一定要确保参观首长、演习部队、人民群众安全，万无一失。

各级军政一把手亲自抓安全，层层立下"军令状"。通过群众路线，军区颁布了 31 项 255 条预防各类事故的安全规定，把各种可能发生事故的因素都尽量考虑进去，堵塞一切漏洞。

飞机几分几秒到，炮几分几秒开火，往哪儿打，都经过严格的计算和试验。显示的炸药未放完怎么办，步兵、坦克接近时怎么处置等，对实弹实爆可能发生的意外也都有预案。

为防备飞机的炸弹没投下，特设了预备投弹点。炮弹和飞机不能从参观点正方上空走，只能走一侧，坦克也只能走参观点的两侧。

演习前，对火炮、坦克安装了安全限制装置。火炮插上橛子限制射向，不能转过来朝向主席台。即使个别失误，炮弹也跑不出安全射界。

发射药包逐包称量，检验合格一律封存，射击时启封。炮弹由团统一批次批号，轻武器也有安全限制的具体措施。

显示情况的炸药包更有讲究，必须在参观点 300 米至 1000 米之外。显示炸点的 1200 多个点火站，4100 多名显示人员均经过严格训练，定人定位定任务，坚决按

演习准备

时起爆。

各部队分别制定了贯彻落实的措施。连以上单位都成立了安全组，每个班、车、炮、坦克、机械和炸药点火站都指定了安全员。

演习区域 200 多个村庄，都派出了安全哨兵。演习戒严区还派出 1300 多名警戒哨封闭现场，形成庞大的安全网。还安排 130 多辆车和 1000 多名官兵，负责转移危险区的一万多名群众。

"八一"电影制片厂组织了 170 多人的摄制队伍，4 个课题拍出 4 部军教片，两次预演拍摄了 80％的镜头。

战役集训、演习和阅兵的全过程拍了一部长纪录片，阅兵加演习的一些镜头拍了一部新闻片，共计 6 部 31 本 2500 多个镜头。一次搞这么多，也是史无前例的。

北京军区编写演习理论材料

在 3 月 18 日的演习准备工作会议上，当总参打算让军事学院负责编写演习的理论材料时，秦基伟当即表示：现在已经决定由北京军区承办实兵演习，理论材料也由北京军区负责好了。

秦基伟的主要军事副手马卫华副司令员和周衣冰参谋长都支持这一揽子计划。

理论材料的任务争到手，秦基伟也深感压力之大。因为这些理论材料所要熏陶上课的"学生"们，都是大军区一级的高级干部，这个担子当然是很重的。

秦基伟说：

> 从现在到演习只有 6 个月了，而要做的工作是大量的。教材要编写，场地要勘察，部队要训练，接待要准备，这些都不是轻而易举能办好的，哪一个环节搞不好都要影响全盘。

为此，军区作战部副部长侯希铎立即投入编教材的准备工作。

这种规格和级别的教材，编写要求明显高于一般军事学术论著。它直接从国家安全出发，以调整后新表述

的中央军委军事战略方针为依据，为战争初期方面军防御战役提供系统的理论指导和作战选择。

在两张红格纸上，侯希铎列出提纲。军区搞的 4 次战役集训，后 3 次的理论材料均由侯希铎执笔，也算是轻车熟路。结合新情况和新要求重新研究，侯希铎的提纲告成。

马卫华看了后说："我要去看地形，3 月底回来看材料、研究。"

马卫华 4 月初回来，初稿已打印出来。初步研究，框架基本站住了。

接着进行逐个问题的专题研究，同样是精雕细刻。

作战部部长李德臣和石苏一同参加文字工作，经过三个月的努力，五易其稿，教材可以拿出手了。

总参军训部组织研讨会，郑重地请来了全军军事学术理论界最有名的 4 位专家来审查。他们分别是：军事科学院副院长高锐，军事学院教育长贾若愚，政治学院副院长谢方，后勤学院李富科。

这 4 位军事专家各有精深的学术专长，审视的角度和眼光可以用一个"刁"字形容，又不乏中国学者普遍改不掉的执拗和"古怪"。

北京军区所有领导心里很清楚，对他们的同情心不能抱任何幻想。大家以静待动。

4 位专家带着挑剔的目光，经过严格细致的审阅，认真的讨论，科学的论证，最终，他们作的评语就是 4

个字：

　　天衣无缝！

　　理论材料完成了，侯希铎又马不停蹄奔赴演习区域，参加导演部工作。

　　秦基伟为整个演习提的口号是：

　　标准要高，要求要严，工作要细，效果要好。

　　这一口号在演习部队历久不衰。

　　周衣冰为导演部规定："一切经过试验。"

　　马卫华不提口号，他的眼睛是尺子，嘴巴是刀子。

　　在紧张的节奏中，侯希铎患了急性痢疾，被送进医院。侯希铎何许人？有文才，也有干才。

　　当年周恩来、叶剑英和几位老帅要在北京工人体育场举行10万人大会，就是侯希铎负责人员调度计划的。

　　当时，总参作战部询问侯希铎："10万人在工人体育场能否坐下？"

　　侯希铎胸有成竹地说："能！"

　　体育场的座位容量是8万人，作战部对于在场地草坪上另安排两万人表示疑虑，因为每平方米坐5人，在理论上是难以接受的。

　　侯希铎在现场画出 4 平方米的方块，调来 20 名战士坐进去了。于是，计划被批准。

　　结果，10 万人进出场路线不交叉，秩序井然。

　　侯希铎患痢疾牵动了马卫华、周衣冰的心，侯希铎的康复不是个人的事。

　　军区卫生部副部长亲自过问，用灌肠器冲洗肠道，大剂量服药，终使侯希铎于 24 小时内出院。

　　出院后为防传染，室外一切事情有人照应，侯希铎的活动范围限在住房内，工作照常进行。

　　整个演习计划像一台大型精密仪器，每个细小环节都要科学论证，做到万无一失。

按防御战役课题勘定演习地域

对防御战役的主要课题，秦基伟和马卫华闭着眼睛就能讲出来：

    1. 抗击敌人突然袭击；

    2. 战役掩护地幅的作战；

    3. 抗击敌坦克集群进攻，制止敌人突破；

    4. 反突击；

    5. 反合围；

    6. 反空降；

    7. 积极进行有利条件下的运动战。

在演习具体课题的选择上，秦基伟和马卫华的思路很一致，他们认为：

    战役过程长、课题多，演习从头搞到尾不可能，也花不起钱。应依据外军、我军实际情况，战役集训重点及财力可能，加强演习的针对性。

搞几出"折子戏"的想法便在这时形成。具体设想

是，从防御战役全过程选出几个片断，体现出防御战役的研究重点。"折子戏"之间又要相互联系，整体连贯，反映出战役面貌。要根据"折子戏"的选题，拟出初步的地域方案。

为此，马卫华来到演习区域勘察地形，选择地域。

在这一点上，演习和打仗十分类似，结合地形拟制双方企图、兵力部署、火力配置、坦克数量和摩托小时、航空兵机种和架次、空降兵使用等，绝不可能先有具体方案，再到现场去套。

这对马卫华是个苦活儿。

塞北的 3 月，朔风凛冽。马卫华在北京不穿棉衣，到了这里，整天在野外奔波，下了这个山头又上另一个山头，裹着棉大衣冻得还直流鼻涕。到了吃饭的时候，就在山上啃面包。

马卫华心脏不太好，为了防止发胖，前几年早晨一般不吃饭，连酷爱吃的炸馒头片也不得不割爱。能在山地跑跑，马卫华倒很乐意。看地形这个偏好，更甚于吃炸馒头片。

数千里北线，马卫华不用地图，只要有车有汽油就能跑下来。住在城市，他喜欢坐上车转胡同，走过的路能过目不忘。

马卫华的这种本事，是在战争年代练出来的。

他是河北唐县人，参加过保定学潮，以后参加共产党，任县大队大队长。他熟悉地形，打游击战善于动脑子，打得日本鬼子称他是"马阎王"。

后来马卫华转到部队当营长，此后团、旅、师、军升上来。抗美援朝负过伤。

说来有趣，马卫华一生与"三八"有缘分：参军"三八"式，扛过"三八"枪，到过"三八"线，38岁授少将军衔。

马卫华看地形，离不开地方志。

在演习区域，马卫华找来各县县志，白天山里跑，晚上挑灯夜读。每每读志读史，地形便有了生命，一出出历史剧在此地重现，马卫华的感受便深入一层。

读书之外，马卫华也偶尔下下象棋。过去常与肖选进副司令对弈。

肖选进善用"马"，左蹦右跳，锐利异常。

马卫华讲究均衡使用各种兵力。虽无一技之长，却有全面之功，常杀得肖选进抢子悔棋。马卫华自谓之"合成"。

棋理战理相通，马卫华看重合成，注重整体威力。

看地形研究敌我企图时，有个副军长嫌麻烦，私下说让空军靠边站。马卫华则非常重视航空兵，尽可能地加大其演习比重，同时积累自身合成指挥经验。

在"蓝军"实施直升机机降的场地选择上，直升机部队提议在山谷间河滩地降落。因为河滩地面积大，较为开阔，也便于参观。

搭乘直升机的空降兵部队研究外军战法后，认为此

演习准备

议不妥：一是河滩地势低，机降后处于挨打位置；二是由山下向山上发展进攻，战时伤亡大，平时体力消耗大，两者都费时费力；三是从技术上看，河滩地小石子多，被直升机旋翼刮起来易伤人。

他们认为：

> 直升机机降场应选在山头上，敢于在对方阵地上降落，最大限度地达成突然性和发挥作战威力，即使不降在阵地中央，也要降到侧翼，以迅雷不及掩耳之势夺占之。

马卫华听了，认为有道理。

在空降兵作战理论上，马卫华略知一二。空降兵机降与伞降不同，在战术上，也应考虑直插降到对方要害和薄弱部位，以便立即产生战场震撼作用。一般地说，空降兵是战略部队，直升机是战场机动武器。

苏军把空降兵和直升机机降部队分开，也强调直升机机降作战任务和方式的特殊性。

美军分为步兵师实施运输机机降、伞兵师、直升机空降师这三种空降方式。

在越南战争中，美军不仅大量使用直升机山头机降，还实施战场机动，吊挂和转移火炮。当时，有一个连在一次战役中曾实施空中机动 60 多次，充分发挥了山区机降的威力。

为显示空降兵与直升机机降部队的区别，军事科学院称之为空降体系，空降兵研究所称之为空降系列。

综上所述，马卫华倾向于山头机降。

但是，山头也有山头的不利之处，即场地小，机群拥挤，时间又短，易出事故。同时，机降场不平，机降难度大。

于是，马卫华来到山上，仔细察看了地形，决定实施山头机降。

马卫华在脑海里想象着：演习中，30 多架直升机密集编队，突然出现在战场上，迅速向山头降落，旋翼间距只有几米。

地势不平，实施悬停，空降兵迅疾跃下。不到一分钟，机群即拉起，再吊挂火炮、布雷，参观者看到的是类似外军直升机机降作战的逼真场景……

演习准备

全军高级将领参加战役集训

1981 年 5 月 20 日，经邓小平批准，总参谋部正式发出举办《全军高级干部战役集训的通知》。

《通知》对集训指导思想、参加人员、学习内容、方法步骤、时间安排，都作出了明确规定。

8 月 27 日，召开了一次重要会议，主题是研究战略方针的具体化。这次会议被称为"802 会议"。名为会议，实为全军高级将领贯彻"积极防御"战略方针的战役集训。

参加集训的有三总部、各军兵种和各大军区的主要领导干部，共 247 人。他们是大军区军政主官、参谋长、作战部长和军兵种领导。

战役集训不是纸上谈兵，它要以相应的实践为参照系方能检验和提高，实现由全局到局部、理论到实践进而再由实践到理论、局部到全局的认识飞跃和提高过程。要把关键问题落实在关键人员身上，把战略问题落实到战区的局部上，使战略方针转化为战斗力。

会议开始时，杨得志总长讲了战役集训的目的、任务、内容和要求。

张震副总长向大家介绍了计划和安排。

"802 会议"研究的重点，是战争初期方面军防御战役的组织与实施。战役集训分为三个阶段进行。

第一阶段，从 8 月 27 日至 9 月 3 日，在北京学习方面军防御战役的理论材料，并安排了 4 位领导同志讲课：由马卫华讲《战争初期方面军防御战役的准备与实施》；北京军区空军司令员刘玉堤讲《方面军防御战役空军的运用》；北京军区政治部主任曲竟济讲《方面军防御战役政治工作》；北京军区后勤部部长衣瑞伦讲《方面军防御战役后勤保障》。

第二阶段，从 9 月 4 日至 11 日，进行方面军防御战役的想定作业。

作业前，由总参军训部石侠副部长介绍"红"、"蓝"两军的方案企图。预先没有准备什么原案，而是请大家根据军委确定的军事战略方针和"801 会议"明确的任务来定下决心。

具体做法是：由大军区参加集训的同志各组成一个指挥班子，都来当一当北京军区的司令员和政委，也就是说，都当方面军的司令员和政委，提出自己的方案。各指挥班子之间，互相切磋。

第三阶段，从 9 月 12 日至 20 日，到张家口地区参观北京军区方面军防御战役演习的组织实施。

在京西宾馆的会议室里，各军兵种和各大军区的主要领导同志正在认真地听课。

这第一课就是由马卫华讲的《战争初期方面军防御战役的准备与实施》。

演习准备

马卫华刚从演习训练现场匆匆赶回，脸晒得黑红。他走上讲台，以标准姿势向老将军们行举手礼。

马卫华也是老将军，是当年的几个"三八式"少将之一，罗瑞卿大将曾向毛泽东主席介绍说："这是我们最年轻的将军。"但在这里，马卫华不敢沾这个"老"字。

他敬过礼，习惯地用右手两个指头扶扶眼镜。

教案是集体智慧的结晶，理论是站得住脚的，但要变成自己的语言，把理论讲活，具体发挥上就要深入浅出，准确精当。

对有争议的论点，要鲜明地表明态度，提供参考。

老将军们身经百战，马卫华的讲课态度是汇报北京军区的研究成果，向老将军们求教。它包括：

第一，方面军防御战役的任务；

第二，方面军防御战役的指导原则；

第三，方面军的编成和各军、兵种的运用；

第四，方面军的防御体系；

第五，方面军防御战役的组织与准备；

第六，方面军防御战役的实施。

全课有 12 张挂图，16 开本的铅印材料长达 61 页。

这一课很成功，它填补了方面军防御作战理论的一项空白。

军演领导向三位老帅汇报

为了开好"802会议"和搞好华北军事大演习，杨得志、杨勇、张震、秦基伟等，都及时地向叶剑英、聂荣臻、徐向前三位老帅作汇报，并听取了这些老帅们的建议和指示。

9月10日，在叶剑英住地，杨得志、杨勇、张震、秦基伟汇报"802会议"和演习准备情况。

听完后，叶剑英指示：

听了你们的汇报后，我感到总部抓得好。

去年的"801会议"，统一了全军的战略思想，将军事战略方针规定为"积极防御"，这是一件大事情。

今年的"802会议"，是为解决"积极防御"军事战略方针具体化问题，总部首先从华北这个主要方向上开始，集思广益，研究探讨战争初期方面军防御作战问题，这样抓很好。

这次演习的规模是我军历史上最大的一次，情况也比较复杂，不少军师以上干部都没有看过，这次是我们干部学习的好机会。

用的钱是多一点，如飞机、火炮、运输等

演习准备

都要消耗，但要看到，这对锻炼部队，提高我军在现代化条件下组织指挥各军兵种协同作战的能力，探讨以现有装备战胜优势装备的敌人，将会产生巨大的精神和物质力量。

这次演习，军委主席小平同志亲自指挥，对我军的现代化建设将是一个巨大的推动。

演习过程中，我感到最大的困难是合成军队各军兵种之间、上下之间的联系问题。

现代战争是立体战争，敌我双方将在空中和地面反复争夺，一刻也不能中断联系。

我们的部队要做到开得动、打得准、摆得开、联得上、合得成，首先的是要加强有线和无线的通信联络，有时一失去联系，就会影响全局。

通过这次演习，要很好地加以研究和总结，使我们的主观设想更加符合客观实际，使我们的战备工作更加适应作战任务的需要。

这次演习，我很想去看看，但由于年龄大、行动不方便，医生同志也不同意去，只好以后看电影了。

预祝演习成功。

最后，叶剑英还特意嘱咐说：

这次演习，有中央、军委主席和国务院总理等许多领导同志，还有省、市、自治区的领导同志亲赴现场，要绝对保证安全。

9月12日上午，在聂荣臻住地，杨得志、杨勇、张震、秦基伟向聂荣臻汇报。

张震汇报："参加这次会议的各大单位领导同志都很认真，都当方面军司令员、政委，亲自标绘决心图，而且意见大体一致。"

聂荣臻说：

这个设想对，不得让敌人长驱直入。在野战军依托阵地坚守的同时，要重视组织民兵游击队配合正面战场作战的重要作用。

张震又谈到坚固阵地防御实兵演习，用各种兵器打击敌人装甲坦克目标。

聂荣臻说：

步兵的火箭筒，打敌坦克效果可能不大，但打装甲车是完全可以的。这次演习规模大，车辆很多，组织好很不容易，要注意不要出事故。

演习准备

张震又说："最后是阅兵，有陆海空三军 50 多个方队参加，已经看了预演，虽然训练时间短，但搞得还是不错的。"

聂荣臻说：

"这两年部队的训练还是下了功夫的。"

4 位将军提出，请聂帅对"802 会议"作指示，去看演习，接见参加"802 会议"的同志并一起照相。

聂荣臻说：

我刚由北戴河回来，对前段情况不甚了解，没有什么好说的。参观演习问题，这是 1949 年后全军规模最大的一次演习。从你们介绍的情况看，做了大量的工作，准备得还是比较好的。

作为一个老兵，很想去看看，但因为身体不好，不能到现场，实在遗憾。预祝演习成功。演习结束回来后，跟大家一起照个相留念，只要身体许可，尽量参加。

9 月 15 日，在徐向前住地，杨勇副总长代表总部领导同志，请徐向前在"802 会议"结束时到会作指示。

此时，杨得志、张震、秦基伟均己赶赴演习区域。

徐向前说：

我身体不好，不讲了。你们举办高级干部

战役集训班，组织实兵演习，对培养干部，特别是高级干部，全面锻炼部队，很有好处。

当然，这样大规模的演习，每年搞一次，搞不起，但隔几年搞一次还是需要的。

由各军区多搞一些师以下的演习，重点是培养干部合成军队指挥能力。传、帮、带，我们这些人年龄大了，身体又不好，要靠你们这些同志多负责任。

讲话不讲了，但邓主席接见军以上干部照相时，我参加。

演习准备

参演部队预演合练

在演练现场，时任陆军第六十三军副军长的王根成召集炮兵连长开准备会。

王根成说："明天是正式演习前最后一次预演，杨总长、秦司令都来看。坦克和步兵跟着你们的炮弹冲，精度绝对不能出问题，射出时间正负不能差一秒。给你们5分钟时间考虑，行就是行，没这个能耐现在说还来得及。"

5分钟，没人说话。

王根成说："好，不说就是都行，回去准备，谁出问题就处理谁。"

当晚，王根成又召集团以上干部开会，强调坦克冲击既要高速，又要安全，尤其是通过参观台这一段，重点又是正面的200米地段，要加倍小心。

第二天，偏偏在王根成最担心的200米出了事。

参观台前一片谷子地，长势非常好，王根成舍不得轧这块地，只让按一辆坦克的宽度开辟通路。

头车卷起烟尘，后车只剩个天线尖在外面摇。一队坦克在尘土中高速冲击，能见度不到两米，又不能减速。只听"咣当"一声响，两辆坦克撞上了。

秦基伟和王根成的心同时一紧。王根成非常后悔，怎么没想到事先喷些水呢！

驾驶员也违反规定，演习那么紧张，尘土那么大，居然想忙里偷闲看首长！这下可好，参观台跟前，看到了首长，首长也看到了他。在首长眼皮底下撞车，车倒没坏，窝囊！

　　秦司令有请，王根成上天无路，入地无缝。

　　秦基伟："你为什么把坦克速度搞得那么快？"

　　王根成："我们想体现打空降的进攻速度。"

　　秦基伟："为什么道又这么窄？"

　　王根成："我可惜这块谷子地。"

　　秦基伟："你为什么偏偏可惜这块谷子地？"

　　王根成："这一块特别好，演习区域没见到这么好的。"

　　秦基伟转过脸去看看谷子地，这块谷子地果然长得特别好，轧了确实不忍，又想到这几个月王根成每天最多睡3个小时，有时忙了就昼夜连轴转，体重掉了几斤，连张震副总长都劝过："老王，老在山头啃干粮不行。"

　　秦基伟的脸色缓和了，不再批评王根成。

　　坦克宽近两米，坦克道宽度按 2.5 米算，坦克开过就要轧两亩庄稼。按 3 年收成赔，轧两亩等于 6 亩，开道就要花大钱。

演习准备

　　秦基伟沉吟片刻，说："算了吧，开一条道吧。"

　　第二天，王根成打电话给秦基伟报告："增开了一条道，而且宽度也增加了，正式演习保证不出问题。"

但事实是，正式演习时，坦克开得更快。

秦基伟说："好！"

坦克Ａ师本以为"蓝军"容易扮演，无非是"红军"的陪衬，几路坦克一冲，再放几个炸药包，就完全可以过关了。

谁知，等待他们的是马卫华副司令的一脸怒色："现代战争是这个样子吗？敌人是这个样子吗？"

马卫华声色俱厉："装甲兵是有特殊性。我没住过你们装甲兵的最高学府，但我对装甲兵还是略知一二的。'蓝军'集群坦克进攻，不是这个样子的！"

为坦克Ａ师的这出"折子戏"，马卫华没少操心受累。这里地处坝头，雪花纷飞，3月份的白毛风呼呼地像刀子一样，马卫华勘察地形时冻得鼻涕一把一把地甩，感冒闹个不停。

就这样，山头都上了，场地都跑到了，连着搞了三四个方案，最后优选确定了一个。

现地有我军既设阵地，为了使"蓝军"集团坦克保持队形并能按照方案上的进攻路线前进，不致转变方向暴露侧翼，经请求，将这个既设阵地和反坦克壕予以平毁，开辟出通道。

交代方案和要求时，马卫华反复问大家搞清楚没有，直到都表示没有疑问为止。费了这么大的劲儿，也付出了高昂代价，其他几出"折子戏"还算看得过去，可坦克Ａ师却很差劲，不仅没有"蓝军"集群坦克进攻的整体气势，连方向都乱了。

最可气的是这一大片坦克铺天盖地开过来，几个炸药包响得还不如爆豆，简直成了"蓝军"坦克会操，根本不是打仗！

帐篷里，马卫华怒气冲冲，团以上干部大气不敢出，连军区装甲兵程司令和胡副司令也在挨批之列。

马卫华批完了，扔下一句总评价："你们放了个屁！"

程司令、胡副司令、邓副参谋长心里别提多窝火了。当着下级被没头没脸地说了一顿，在解放以后还从没遇到过。

脸面倒可以先放开，但没黑没白累了个半死，轰轰烈烈一场，到头来只是"放了个屁"！

不过终归还是共产党员，终归还是军人，挨了批还得下功夫把坦克队形搞顺，再多加上几管炸药包。

可是，第二次，仍不过关。

这回扩大范围，排以上干部集合，六七百号人啊！

马卫华背着手立等。

"坦克上的高射机枪为什么朝后？"马卫华严肃地质问。

几个大头头不吭声。团参谋长谢海林站起来解释。他父亲在兄弟军区任大区正职，安全系数相对高一些。

但进攻时枪口朝后在全世界也是解释不通的，马卫华没给他留情面："第二梯队是以行军队形上来的，队形不行，也不紧凑。"马卫华的火气渐渐升高："你们以为

演习准备

065

我不懂装甲兵是吧？我讲过战役学，步、坦、炮，我哪个不懂？你懂合成吗?!"

马卫华心里想："京西宾馆的2号会议，那么多高级将领，第一课是我老马讲的，13课的教案我老马也是从头抓到底的。其中一课是《战争初期方面军防御战役装甲兵的运用》，重要段落我都能给你们背下来。

"装甲兵是以坦克为主要战斗装备的兵种，它由坦克部队和装甲步兵、炮兵、工兵、防化等战斗、勤务部队组成，是陆军的重要突击力量。

"装甲兵具有火力、机动力和装甲防护力相结合的特点，从而构成了较强的突击力，能够及时利用各种火力效果，对敌实施迅猛突击。

"在战争初期的防御战役中，正确地使用装甲兵，在诸兵种合同作战中充分发挥其快速突击作用，对于抗击敌人进攻，消灭突入之敌，增强防御的稳定性具有重要意义——我不懂装甲兵？"

"老程！"马卫华专抓主要矛盾、主要人物，"你们那次是放了个屁，这回呀，烧了个窑！"

工作没做好，不能只怪一个人。马卫华一走，程司令把师长、政委叫过来："'人有脸，树有皮'，你们这个师老不要脸！"

这个师自称天下第一师。日本投降后，在东北我军缴获了几辆坦克，成立了坦克大队，后又改建为战车团，参加了锦州战役和解放天津的战斗。抗美援朝时改为战

车一师。几十年战功卓著，从未像这回演习这么窝囊。有一点可以自慰：在某种意义上，演习比打仗难，既要真枪真炮，又不能伤人撞车。

但是，这个师却发生了死人的事故。高射机枪打死老乡的事故，就出在这个师。

当时 60 米高的小山挡住了小村子，那个老头儿鬼使神差地肚子上挨了一弹，回到屋里就咽了气。

事情就是这样怪，枪弹竟会拐弯。你说它不该拐，它偏偏拐了。而就拐过去这么一发，老头儿早不撒尿晚不撒尿，偏偏这时候撒尿，还跟枪弹撞上！

祸不单行，炸药包爆炸时，石头崩起来，炸断了电线。演习后解除情况，一个放牛的进入警戒圈踩上电线头触了电，当场挣扎几下就死了。

出了这么大纰漏，能不挨批?!

但马卫华很高明。马卫华高明之处就是发完火再讲道理。

那天打了"烧了个窑"一棍子，而后又心平气和地上了堂课，讲清未来战争的概念和特点，讲解外军集群坦克的作战原则，特别强调跳出装甲兵自身封闭式的内循环，用"合成"眼光指导演习。

大家都承认很受启发。再次演习时，摆出了堂堂之阵，逼真地再现了"蓝军"集群坦克进攻的战役战术密度和战场气氛。

他们从战役高度着眼，按战役特点和进程设置情况，

演习准备

067

尤其加强合成军协同。最精彩的镜头是轰炸机群和炮兵群火力突击后，展开战斗队形的坦克群和武装直升机部队同时高速到达防御阵地前沿，这对于整个战斗来说，如同锦上添花。

马卫华笑了。

某团司令部作训股作训参谋兼防化参谋陈国洲在华北大演习时，在其所在部担任三营八连连长，后来，他写文章回忆了华北军事大演习前参演合练的一些情况。

他说：

8月中旬，参演部队进行第一次试验性合练。在部队的冲击路线上，有重点地布设了一些雷场，石洞山、无名高地山腰上架设了铁丝网。

演习开始后，战士在1000米外伴随坦克向预定方向发起进攻，坦克卷起的尘土把战士变成了泥人，一眼望去，辨认不出到底是谁。

坦克抵近高地后，停止前进，以火力掩护步兵攻击。

此时，战士超越坦克向高地冲去。

我站在隐蔽部里，通过望远镜观察两个主攻排的行动，并不断发出调整战斗队形的口令。

右翼主攻排进展顺利，我将视线转向左翼，看见部队在接近敌雷场时，迅速由散兵队形向中间靠拢，快速通过通路。

这时，突然在冲击队形之后腾起一股强大的烟尘，接着，一连串震耳欲聋的爆炸声传进我的耳鼓，半个山坡被冲天的烟尘所笼罩，一瞬间，战士在我的望远镜中消失了。

我的心一下子收得很紧很紧。

烟尘过后，战士从隐蔽地域一跃而起，大喊着杀声向高地的顶端冲去。几分钟后，随着信号弹在无名高地升起，预演结束。

担任主攻的二排陆续从高地上撤下来。四班长，一位来自湖北的老兵走到我跟前。

他大声地对我说："连长，真悬啊！要不是您规定通过通路后，卧倒喘息再冲锋，今天我们全都报销了！"

得知没有出事，对我和战士们来讲总算躲过一劫。

柴团长听了我的汇报，感到问题比较严重，抓起电话打往演习指挥部，将情况及时报告了上级。

经过查实，是军工兵营起爆炸点显示炮兵火力开辟通路时，起爆时间出了差错，提前了 5 秒钟，也就是这短短的 5 秒钟，险些打掉我半个连。

第一次带烟火的实兵合练后，针对存在的

演习准备

问题，各部队对演习方案进行了局部调整，并将修改后的协同计划下发到每一个参演单位。

为了便于指挥，连里除配备"714 步坦机"与营组成指挥网外，对班排的指挥联络手段也进行了改善，新装备了"861"电台。这种电台体积约有一本书大小，重量很轻，最大的特点是使用"喉头通话器"，通话器像"桃核"一样大，装在一根带子上，将通话器固定在喉头上，就可进行通话，不用手持话筒，真正解放了两只手。

……

三、 演习实施

● 此刻，华北各军用机场起飞的庞大机群已从各个方向临近战区，抵达的时间不准超过正负 15 秒，一到即按协同计划执行战斗任务。

● "红军"坦克排浪般一波迭一波连续突击，宽大正面上多路多波次的队形，把现代化战争坦克进攻的战役密度和进攻厚度展现得惊心动魄。

● "红军"空中、地面火力将"蓝军"阵地炸成火海，"红军"各部队步坦协同全线出击！

突袭防御阵地

天文时间：9 月 14 日 9 时 30 分。

作战时间：10 月×日×时×分。

天气晴朗，阳光明媚。秦基伟陪同邓小平走下专列，站台上执勤士兵行注目礼。

秦基伟的演习总指挥专车在前引路，中央军委主席邓小平的防弹座车紧随其后，风驰电掣地离开了北站。

一路绿灯不在话下，所到各路口均有调整哨，戴钢盔的两名高大士兵，一个执手旗指示方向，一个行举手礼，动作准确干净，无可挑剔。

演习所在地虽冠盖如云，掌握国家命运的重要人物绝大部分到达，但为了不扰民，没有采取交通戒严措施，只规定大车临时停让。

高速行驶中，秦基伟端坐不动，不时从回望镜观察后车。前座的导演部朱金台看看表，说："正好。"通过各调整哨的时间准确性以分秒计。秦基伟"嗯"了一声。

此刻，华北各军用机场起飞的庞大机群已从各个方向临近战区，抵达的时间不准超过正负 15 秒，一到即按协同计划执行战斗任务。

地面部队也严阵以待。

一架巨大的战争机器已经预热和发动，除了断然中止，想临时变更时间和部署绝无可能。

与此同时，各路参观车队的600多辆汽车也按严密程序和谐衔接，毫不耽搁又无大间隙地驶入演习场地的黄土路。

路面平整微潮，数百辆汽车过后，无尘土扬起。

待最后一个车队最后一辆车开过，邓小平座车准时出现。

参观台上，就在邓小平落座的同一瞬间，天文时间9时30分零秒，战争机器启动：

砰！哧——

砰！哧——

砰！哧——

拖着烟迹的3发红色信号弹蹿上大海一样湛蓝的秋空。居高鸟瞰，方圆数百公里演习场铁马激荡，狂飙骤起，战云飞卷。

"蓝军"开始进攻！

"蓝军"歼击机倏然临空，银亮的后掠三角翼劈开高原宁静的气团，尖厉的啸音被庞大编队远远抛在后面。黑压压密匝匝一眼望不到边的"蓝军"集群坦克，在其航空兵掩护下，按预定方案迅猛开进。

"蓝军"远程轰炸机对"红军"战役纵深目标实施空袭，机腹下撒出的细软黑带迅速向下移动。接近地面时炸弹形体分明，时间引信霎时启动，炸弹抖着丝丝白烟撞向地面，爆烟和连串巨响吞噬了一切。

演习实施

"蓝军"航空兵一批次接一批次挤满"红军"雷达荧光屏，无数粒绿点又被"蓝军"强大电子干扰波抹去。

"红军"空军闻警后紧急升空，歼击航空兵的一部分积极争夺战区制空权；一部分直扑"蓝军"远程轰炸机；强击、轰炸航空兵突击"蓝军"前沿机场，间接支援"红军"的防御。

经过激烈争夺，空中优势逐渐为"蓝军"所掌握，其歼击机群在战区空域巡逻，掩护地面部队开进展开；其轰炸机群集中突击"红军"炮兵、高炮阵地及浅近纵深的机场，压制"红军"的火力。

"红军"掩护地带上的各部队依托前哨要点阵地，积极抗击，迫敌展开：炮兵实施拦阻射击，一道道火墙竖在"蓝军"集团坦克前面；警戒阵地反坦克火器猛烈射击，予"蓝军"以损伤，迟滞其进攻行动。

"蓝军"按预定战役部署进行调整和准备，输油管道一直伴随坦克前进，多管加油车为坦克加油，坦克弹药也得到补充。

总攻在即。

大概出于对三原色的崇拜，始有红、蓝铅笔，继之用红、蓝铅笔标图，始有"红军"、"蓝军"之别。在中国，国民党军队用蓝色标示己方，用红色标示敌方；我军则截然相反，并沿用至今。

"蓝军"火力突击开始。

只见各种口径火炮炮口火团突耀，随炮身的剧烈后坐，战炮周围地面震起尘阵。

自行火炮进行急促射，伸管后缩、复进，再后缩、再复进。

火箭炮车身横置，如战舰使用舷炮，"咻咻"声不绝于耳。橘红色火苗划出许多优美的抛物线，把冰雹般的火箭弹送到"红军"阵地。

轰炸机群再度临空，航空炸弹自弹舱羊排粪般成堆泄下，皱巴巴的大地阵阵痉挛，爆烟旋即如万顷原始森林把突兀裸露的岗丘变得紫茸茸涨高几十米。

强击机俯冲，双翼下射出两道黑烟，黑烟笔直下窜，航箭命中目标。机身掠过烟尘，海鸥拍水般轻滑地向上飞去，硝烟被喷气搅得如同惊涛骇浪。

"咣咣咣咣，轰轰轰轰，隆隆隆隆……"

"红军"阵地天摇地动，巨响灌耳，白昼变成黄昏。

在强大的炮兵、航空兵火力掩护下，"蓝军"集群坦克从行进间展开战斗队形，突然发起攻击。

地面上，坦克、装甲车满山遍野，像无边的海潮推涌而来，向"红军"第一阵地各主要支撑点逼近，实施一波接一波的连续突击，主要突破地段每公里的坦克密度数字极大。

"蓝军"不断增强突击力量，保持进攻锐势；各阵地的炮火连绵不断，坦克紧随弹群的炸点快速冲击。

天上4层飞机：高空有歼击机，中空有轰炸机，中低空有强击机，低空有武装直升机，从不同的方向，不

演习实施

同的高度，以不同的速度同时临空，夺取和控制制空权，轮番轰炸，不断俯冲扫射，支援地面部队高速推进。

空降兵在"红军"防御纵深实施战术机降，采用垂直包围，配合正面进攻，并在关键时刻和地点施放模拟战术核武器，加快战斗进程。

第二次世界大战，大量坦克使用于战场，是各主要参战国将装甲兵运用理论付诸实践的时期，同时在实践中取得了丰富的经验，又进一步发展了这些理论。

最先开启战端，采取"闪击战"手段，以坦克为先导发动侵略战争的是德国。早在战前，德军就对英、法的军事思想作了充分的研究：尽管在上一次大战中英、法最早使用坦克并尝到了甜头，但由于受传统的阵地战思想的束缚，他们把装甲兵置于依附于步兵的地位，分散使用。

正是抓住了对方这一弱点，德军一开始就将装甲兵作为主要突击力量，在大量空军的配合下，实施密集而突然的进攻，使英、法军队连战皆败。

1941 年 6 月 22 日，德国对苏联发动突然袭击，又一次充分发挥了装甲兵的快速突击作用。

德军投入的约 190 个师中有 33 个装甲师和摩托化师，共有各型坦克近 4000 辆，在"中央"、"北方"、"南方" 3 个方向，都以坦克集群担任高攻，仅 22 天即突进了 350 公里至 600 公里。

苏联从战争实践中认识到装甲兵的地位和作用，大量生产新坦克，迅速组建坦克兵和军团，在强调大规模集中使用的原则下，提高指挥艺术，充分发挥装甲兵的快速机动和突击作用。在20多次重大的战略性进攻战役和数十次方面军战役中，苏联都大量使用坦克突击。

1943年7月5日至8月23日，苏德双方投入7000多辆坦克和自行火炮，进行了第二次世界大战中规模最大的坦克战——库尔斯克会战。德军被击毁坦克1500辆，元气大伤，被迫全面转入战略防御。

第二次世界大战结束后，许多国家的军界总结了战争中运用装甲兵的丰富经验，普遍认为装甲兵是陆军的主要突击力量。装甲兵运用的理论更有了新的发展。

此刻，"蓝军"集群坦克已经突破"红军"第一防御阵地。

"红军"为恢复原防御态势，组织实施反冲击。

"蓝军"歼击轰炸机突击"红军"支撑点和反冲击部队，歼击机继续保持战区制空权。其第二梯队也加入战斗，连续突贯。

"红军"依托坚固阵地，组织强有力的抗击。

"蓝军"攻势受到遏制。

双方调整部署，激战在更广阔的地域空域进行。

演习实施

空降与反空降

天文时间：9月15日9时零分。

作战时间：10月×日×时×分。

"蓝军"直升机的带队长机马湘生用10多秒钟，就完成座舱和飞行仪表检查。对200多个电门和仪表的检查，老飞行员全凭感觉，眼耳并用，扫瞄谛听。

马湘生十指交叉，把手套戴舒适，向右后回过头去，只见于世其在另一架直升机里向他竖起大拇指，表示准备好。左后的程立升也做了同样的动作。

马湘生用无线电向总带队长机报告："01好。"

耳机里相继传来："03好。""07好。""02好。"……

"蓝军"前线机场的几十架武装直升机，像落在绿茵草毯上的一群大蜻蜓。

据通报，"蓝军"地面部队遇到"红军"的顽强抗击，攻击进展迟缓，战斗成胶着状态。

"蓝军"决定，在"红军"防御地带纵深实施战术空降，配合正面进攻，务求隐蔽、迅速和突然，打乱"红军"防御态势。

看到开飞信号，马湘生开车，加温，接旋翼，右手握驾驶杆，左手握变距杆。旋翼的影子在地面越转越快，没膝的秋草疯了似的向四面倒去，又被别的直升机掀起的暴风刮过来。

几十个旋翼掀起飓风，草叶草茎子弹般横冲直撞，草地像落潮的海面向下沉去。直升机机群升起，编好队，向战区飞去。

热兵器时代的到来和帝国主义的掠夺性战争造成新的战争规模，使得科技成果首先用于战争，导致作战手段和战斗形式不断更新：

1903年12月，美国莱特兄弟制造的第一架飞机试飞成功；1911年，俄国工程师考杰尼柯夫设计的飞行员救生伞问世；1918年春，第一次世界大战末，法国人首次使用伞降派遣爆破小组渗入敌后；1927年，苏军在中亚细亚镇压巴世马匪徒叛乱，首次使用伞降派遣作战分队；1930年，苏军空降兵部队正式成立。

空降与空袭一起构成立体战争概念，使战争没有严格的前后方，自第二次世界大战后在多次世界性危机中发挥作用……

"蓝军"直升机群在距山顶100米的高度低空飞行。群山如浪，迎面扑来，机身发生船一样的颠摇。机群的影子与蜻蜓没两样，跌下浪谷，又被抛上浪峰。

马湘生出了一身汗，舱内并不很热，为了保持编队，他精力高度集中。机群编队间距很近，30米，稍不留意旋翼就要相碰。

演习实施

他们的任务是在一个圆形山头上实施机降，整个编队几乎是旋翼挨旋翼降下去，空降部队要在一分钟内完成人员和武器装备的卸载，机群立刻起飞，在"红军"炮火落达前脱离空降场。

在山头机降，他是第一次经历。这样做在演习中很危险，不这样做在战争中更危险。巴顿说过："十品脱的汗水，能换回战场上美国人一品脱的血水。"

马湘生想，指挥员作出在山头机降的决定，实在是有远见、有胆量。山光秃秃，雨裂密布，水土流失严重。多栽些树就好了，打不打仗都好。他想起老家湖南的青山，想起生长地无锡的绿野碧水，甚至想起已故父亲的绿军装。

马湘生的少年梦是另一种绿色：绿球台，绿挡板。省乒乓球队要他，他没去。他走过淮海大战战场，升起对国防绿的景仰，于是就当了兵，上了天。

马湘生执行过许多重要任务，参加过唐山抗震救灾，立过五六次功，到底是 5 次还是 6 次，他记不清。他弟弟马勇生也是飞行员，开"子爵"，报纸称他们"蓝天哥俩好"。

多栽些树就好了，马湘生赞赏栽树人的创业精神和绿的理想。他带着的"傻瓜"照相机，是实行开放政策后进口的第一批，脱离战区后，编队变化了，他想拍照留个纪念，与空降的山头紧挨着的一些更高的山头上有烽火台，他要从上向下给长城拍照。

蜻蜓似的影子继续在波峰浪谷中下滑、上升、复下、滑上。一群大鹏般的影子重合住他们的影子，又超了过去。远程轰炸机群被引导先期对空降场实施火力突击。在更高的高度，完成战区侦察任务的侦察机正返航。

直升机编队准时无误飞临战区上空。"蓝军"的轰炸航空兵已把几个空降场炸成一片烟海。伞兵搭乘的运输机群则从另一方向和高度进入。

空降兵主力根据任务将以伞降方式落达河滩地两个空降场，夺占高地的一部分兵力直接机降到山头"红军"阵地上，另一直升机编队将把重装备和部分兵力送至伞兵空降场附近。

16架歼击轰炸机，再以火箭突击空降场"红军"的有生力量和防空兵器。

"红军"歼击机攻击"蓝军"轰炸机群。

"蓝军"歼击机攻击"红军"歼击机。

"红军"侦察机对"蓝军"空降情况实施拍照。

满天飞机，高射炮火穿行其间，在空中形成朵朵墨菊。满地烟云汹涌，机群交叉和高射炮弹爆烟扩展的投影闪在上面，天和地仿佛泼满了苍黑与褐黄，又被装进比它们更大的搅拌机里轰轰翻转，天地山河的碎块撞出硕大的电火和令人窒息的硝烟味！

演习实施

几乎是在最后一批炸弹的弹片和土石块向下溅落、裹满黄尘的硝烟向上冲腾之际，直升机群沉入烟阵，马湘生享受到一只机轮接地的震颤，空降兵就在飞机半着陆半悬空的状态中跳出去。

又是旋翼帮了大忙，浓烈的烟幕四散。马湘生看到

半个天空布满了降落伞，运输机一批次接一批次飞过空降场上空，播下一串串斜斜的带状黑点，一会儿就膨胀成各色半球体，每个半球体都追逐着下方的一个黑点，距离相等，拉不开也缩不小。

总带队长机下达撤离命令，直升机群腾上空中。马湘生看到了长城，它巨蟒一般伏着，硝烟从它身上掠过，仿佛硝烟是凝固的色块，而长城在蜿蜒舞动。

马湘生的副手驾驶飞机，他把"傻瓜"相机举到脸前。多栽些树就好了，他又一次想。

只是，马湘生没有想到，4年后他要亲自"栽树"，他将以特级飞行员身份加入陆军行列，成为中国人民解放军新组建的第一个集团军的第一任航空处长。他将离开北京，离开妻子孩子。他将赴国外考察外军武装直升机的现状和发展，他将为解决集团军航空兵的具体问题奔走于大军区、空军、总部之间。他将说："过去是乘凉，现在是栽树。"

"红军"守军和民兵以各种火器向"蓝军"伞兵射击，迟滞其集结和展开。

"红军"反空降的部队根据上级的敌情通报和作战预先号令，隐蔽待机做好开进准备，航空兵做好出动准备，打算一接到命令，天上地面一齐出动。

各种战斗机升空，坦克、摩托化步兵、炮兵部队多路开进，在车上下达战斗任务，组织战斗动员。防化兵实施侦毒，标示通路，保证部队迅速通过染毒地段。

"蓝军"歼击轰炸机以火力拦阻"红军"开进纵深，炮兵对"红军"实施炮火拦阻。

"红军"强击机群突击"蓝军"前沿要点，掩护部队开进和展开。

"红军"快速通过"蓝军"炮火封锁区。炮兵向"蓝军"制高点发射烟幕弹，为轰炸机指示突击目标。

"红军"反空降部队一梯队在坦克引导和炮火支援下占领冲击出发阵地。一梯队坦克以短停射击，摧毁前沿残存火力点和装甲目标。

工兵分队以火箭爆破器在"蓝军"布雷区开辟通路。步坦以勇猛冲击夺取"蓝军"前沿要点，左右两翼向各高地穿插。"红军"歼击机、强击机多批次进入，支援一梯队作战。步兵以白色布板为航空兵标示"红军"战线位置。

"蓝军"伞兵实施反冲击。"红军"炮兵群进行拦阻射击，对"蓝军"炮兵阵地进行压制射击。

"蓝军"伞兵退缩固守。"红军"二梯队加入战斗，发起总攻，全歼被围之"蓝军"后，迅速撤离反空降作战区域。

"红军"防御态势得到稳固。

演习实施

主力导弹连坚守阵地

天文时间：9月17日9时零分。

作战时间：11月×日×时×分。

经过多次大的激烈战斗，"蓝军"损失惨重，以生力军接替大部分任务，继续向主攻方向发动进攻，企图突破"红军"防御地带。

"红军"严阵以待。

这里，地形开阔，起伏不大，便于"蓝军"机械化部队运动。"红军"表面阵地前沿前，人们可看到成吨重的混凝土三角锥密集排列，仿佛一片缩小的古金字塔，可以看到宽深的防坦克壕，石砌的削壁，形成纵横交错的网状阵地。前沿阵地的堑壕、交通壕，连接着永备机枪工事、火炮工事和有密闭门自动开启的坑道。

"红军"依托以坑道和地面永备工事为骨干、同野战工事相结合的坚固阵地，贯彻积极防御的战略方针，决心顽强坚守，反复争夺·独立作战，长期作战。

"蓝军"航空兵、炮兵对"红军"阵地实施大密度、长时间的火力袭击。

阵地上瞬时炸点四起，沙石腾空。歼击轰炸机鱼贯掠过阵地，铁丝网被撕裂，堑壕被炸塌，坑道口乱石飞舞，整个前沿阵地火光遍地，硝烟弥漫。

"红军"指挥员采取严密防护和积极打击相结合的手段，坚决抗击敌方火力突击，以保存军力，待机破敌。

地下屯兵坑道里，战士们紧张而有秩序地整理装具，干部在检查战斗准备情况。

坦克洞内，指挥员向各车长明确任务。130火箭炮洞内，司机、炮手已经登车，待命行动。

英雄的"特功五连"在光荣旗前列队，连长张景玉带领全连宣誓。

导弹连连长王景向反坦克导弹射手张爱宝、杨贵清、赵国强、张志华最后一次提出要求：一定要沉着应战，务求发发命中。

实战中不苛求达到百分之百的命中率，在这点上，演习比实战要严格。可是，导弹本身质量的保险系数也不是百分之百，实弹射击时曾发生过突然坠地的故障。

军区首长向孙军长、黄副军长询问命中率，他们的回答是：80%。

他们来到导弹连，连长咬咬牙："6发5中！"

"不行！"军长、副军长加码，"6发6中！"

HJ－73导弹发射阵地在参观台正前方的近处，党和国家领导人都将举着望远镜观看。6个坦克目标被留下一个，军里领导该如何向军委主席报告"演习圆满结束"呢？

连长王景这辈子没这么愁过。他家在内蒙古，人很聪明，10岁时拉二胡、吹笛子就很像回事，可惜家境贫穷，拿到初中录取通知书时，家里再也供不起他，父母

演习实施

又多病，便让他回家干活。他不干，和家里闹翻，只带走一份录取通知书，到中学报了到。

王景又回家对父母说："我只要我的口粮。"卖了口粮，交了学费，在学校就餐，别人买 6 两馒头，他买 2 两小米饭，不吃菜。

王景从小没穿过棉衣，脚跟冻得生疮，脚和鞋黏在一起，到了青春期，穿得还像叫花子。他姐夫感叹："这孩子有志气！"硬是供养他念完高中。

毕业后，王景当了一年专业队长，承包打井。用王景自己的话说："这辈子是苦折腾出来的。"他出席了县的先进代表会，有了点小名气，乌兰牧骑要他去参加乐队，学校请他当民办教师，村里要留他当干部，盟里动员他去当机关干部，父亲让他回家从医，他说："我要当兵。"

当兵 6 年当了新组建的导弹连连长，训练了几个月就要保证 6 发 6 中！

"行！6 发 6 中。"王景发了狠。

导弹是手柄制动有线控制，每秒飞行 120 米，对射手的动作要求是心平气和，一丝不差。

王景偏偏训练他们心不平气不和，越野长跑，练单双杠，**攀登**，再骤然下达射击课目。作模拟器训练时命中靶子不算数，必须命中靶心。

为计算导弹飞行时间，射手练习记秒读数，读 30 秒要与秒针保持一致。射手上了模拟器，旁边敲锣打鼓实行干扰，培养抗干扰能力。容易心慌的，增加爆破课目。训练眼力，则长时间盯远方小目标，练到久盯不模糊。可尽管如此，也没有人敢说有绝对把握啊！

"蓝军"炮火延伸，密集的坦克群通过障碍物，抵近前沿阵地。

各种反坦克火炮推出炮洞，占领阵地。道道火墙在坦克群中竖起。火箭布雷车发射，带有降落伞的反坦克地雷铺天盖地落到坦克队形前。遥控地雷起爆，抛射的集团药包落入坦克群，一排排烟柱拔地而起。

炮兵群施行集中射击，直瞄火炮和各种反坦克火器适时开火，以周密组织的火力配系，把各种火力结合起来，构成远、中、近相结合，直射、斜射、侧射、倒打相结合，火力与障碍相结合的多层绵密的交叉火网，采取拦头、截尾、斩腰的战法，坚决消灭突入之敌。

6枚 HJ－73 导弹静卧在导轨上。发射架前部高支，弹体紧密对接的战斗部翘首傲视前方，4片弹翼张开，时刻准备把导弹稳定而准确地推进到 2000 米开外的坦克目标上。

参观台上千余副望远镜举起来。

射手就位。

检查蓄电池电压，安装瞄准镜，迅速卧倒，将调整器对准敌方向，调整瞄准镜视野视度，接通控制电缆，拔出控制手柄，检查挂弹情况，将转换开关置"0"位，待命。

演习实施

连长："一号注意。"

射手："一号清楚。"

连长："正前方，1900 米，一号一发，预备——发射！"

哧！——啾啾啾啾！

一号导弹升空，下压，平飞，命中！

"二号发射！"

二号弹在目标上方下降，平飞。

"三号发射！"

三号弹下压，平飞。

射手操作准确无误。把导弹导引到目标，有 4 个阶段。导弹飞离导轨，按发射架赋予的射角射向射入空中，为爬空段，也叫无控段，一瞬间跃入到一定高度，舵机没有到启动时间，导弹不受控。

从起控点开始，将导弹作阶梯下压，同时大致修正偏航，为下降段。导弹下降至目标上沿，射手控制导弹在目标上沿做一定时间的平稳飞行，为平飞段。

在导弹命中目标前 2 至 5 秒内，射手将导弹准确导入目标中心，并使其保持在瞄准线上飞行，直至命中目标，为重合段。

4 段在 20 秒左右完成，全凭射手以准确而柔和的动作控制，手一哆嗦，导弹就偏出去，压得过重，导弹就容易发生头朝下栽下来。

二号弹命中！

三号弹命中！

"四号发射！"

四号弹命中！

"五号发射！"

五号弹命中！

"六号发射！"

六号弹在无控段爬高。射手做了下压动作，导弹弹道没丝毫改变。手柄压到底，导弹却继续笔直地爬升！

导弹失控！

连长只觉得头发全变作钢针向脑子里扎，后来才觉察已出了一身汗。军区领导心知出了故障，连参观者也都意识到了弹道反常，快到一半距离了，导弹越飞越高。

射手杨贵清又一次给下降指令，导弹仍毫无反应。坏了，坏了，他仿佛感到胸肋被硬土敲打，脑腔的血呼呼宣泄。

杨贵清见过导弹失控，那是一发射就掉到地上。仪器能够测试出导弹的故障，射手不会承担任何责任。这种情况他却没遇到过，导弹成了无牵无挂的流星向天上飞去。

杨贵清不怀疑自己的操作手法，他没出半点差错。他知道领导也高度信任他，才让他和一号射手张爱宝每人打两发。

杨贵清也相信导弹失控，领导不会因为有党和国家领导人在场，就要对他有所责怪。但是，自己是否已尽

演习实施

了一切努力在导弹超越目标上空前力争挽回这个局面呢？

杨贵清不可能想这么多。他学会了首先控制自己。

杨贵清嘴里在读秒，如果想出办法，可能还来得及。可是，书本和教员都没教过别的办法。导弹是正对着目标向上飞，正确的指令只能是下压。下压不灵，难道还有别的选择？

杨贵清永远不可能回忆起这瞬息的思维过程。他对回手柄作出了没有先例的选择，手柄向左下倾压。在导弹失控的情况下，再错误的选择也不算错误。

在参加演习的 10 万指战员中，很难再列举出有哪个战术动作比他此刻的举动更能牵动人心了。

导弹居然接受了"左下"的指令，按杨贵清操作的方向下滑。"左下"是以加大方向的偏差来克服高度的误差，导弹并未能靠近目标。

杨贵清作出这个选择，自觉的意识是先降低高度再说，方向就顾不上了。选择"左下"而不选择"右下"，则可能出于下意识或者无意识，他用右手控制手柄，顺理成章应该向左下压。

杨贵清的选择完全正确，他证明了导弹只是部分失控。他接着用"右下"的指令在修回方向偏差的同时，继续压低导弹飞行高度，就看"右下"指令是否能生效。

杨贵清是幸运的，导弹没有拒绝指令。

剩下的两个问题是，最后几秒内，杨贵清能否将导弹导引进瞄准镜视野，并由直接用眼睛观察改换为用瞄准镜观察；其次，已不允许再有平飞段和短暂稳定的重合段，他是否来得及把导弹在下降段直接引上目标。

杨贵清边操作边读秒，这已训练成条件反射。从发射起，导弹只给了他 15.83 秒。若数到 16 秒，就没必要再操作了。

气压暖瓶大小的导弹喷着红色火苗向右下滑，此时只能看到微弱的光点。滑进瞄准镜视野，换瞄准镜观察。十字形刻线正对目标中心，红色火团从左上方移过来，最后一秒，没重合。杨贵清将手柄狠力推到右下最大限度，火光炸闪。

命中！！

参观台掌声雷动。军委主席邓小平站起来鼓掌。

杨贵清鼻子酸了。后来他和张爱宝荣立一等功，连长和另两个射手赵国强、张志华荣立二等功，全连荣立集体一等功。

"蓝军"坦克群继续逼近，反坦克小组和火箭手隐蔽接近坦克。

战斗进入短兵相接的白热化阶段。

"红军"誓与阵地共存亡。

演习实施

全线发起战役反突击

天文时间：9月18日9时30分。

作战时间：11月×日×时×分。

这天，华北大演习的重头戏正式在万全地域开场。

集团军宣传干事、男高音许守信的演习解说不仅兵味足，而且体现出对战役内容和气势的理解，普遍认为比有的演习课题聘请的中央人民广播电台的播音员更有激情、更有味道。

首长入席毕。

许守信即时播音——

各位首长：

演习就要开始了。

今天演习第四个课题："集团军首长和机关带部分实兵反突击作战演习。"

演习的目的是：研究和探讨战争初期，我军在防御战役中，如何组织实施集团军战役反突击作战的组织指挥，以及政治工作、后勤保障和各兵种协同等有关问题，提高各级指挥员的组织指挥能力。

演习共分四个训练问题：第一，火力准备；

第二，突击，穿插；第三，粉碎敌反冲击，师二梯队进入战斗；第四，歼灭被围之敌。

介绍完参加演习各部队，许守信介绍地形方位、演习场地的主要居民地、与演习有关的主要高地和居民地。逐一介绍的同时，相应目标处腾起一朵朵白色爆烟，一切如电子计算机控制般准确。

介绍"红、蓝军"战役企图和想定时，分别以红、蓝色爆烟现场显示，仿佛一面硕大沙盘上出现的红、蓝箭头。

宣读集团军战斗动员令后，许守信解说："各位首长，现在到演练开始时间还有一分钟。"

5个参观台上的4000多人员无人走动，一片安静。方圆数百里演习场像个无人区，看不到一车一炮、一兵一卒。

邓小平在军装外加了件军大衣，戴了墨镜，端然危坐。杨尚昆看看手表。秦基伟在邓小平左侧后就座，前倾了身体，准备一经提问，即作些画龙点睛式的提示。

党政军领导人和全军高级干部战役集训班的人员在向自己设问：战争初期的战局进入关键时刻，假如我是战役指挥官……

"蓝军"突破"红军"防御阵地，乘机扩大战果，夺取"红军"纵深地带要点，发展进攻。

"红军"决心以优势兵力对突入防御地带之敌实施战役反突击。

演习实施

反击的着眼点是：（一）不断改善和恢复防御姿态；（二）削弱敌人进攻力量以保障战役要点的安全。其核心都是以战役反击的攻击行动，大量歼灭突入之敌的有生力量，以攻为守，以攻助守，用攻势行动来实现防御战役的企图。

"还有半分钟。"

鏖战的短暂间歇，战场静悄悄。

秋雨抚慰了战神的雷霆震怒，雨雾时的山川清丽无比。奶白色的团团岚气拥着长城，古烽火台上灰白成群的野鸽子聚而复散，散而复聚，表现了生灵的群体意识和恋土观念。

太阳最先从东山齿状的缺口进出耀眼的一块，渐而旋转为金色的火轮，大地便在绯红与鲜紫的兴衰交替中显现凹凸的胸膛，几声嘹亮的啼鸣穿透水分饱满的空气，鸽阵向南追寻它遥远的春天，而坚韧雄浑的奏鸣乃是秋草与大野沉风奋争旋律的啸音。

三秒，两秒，一秒——

9时30分，两颗红色信号弹腾空而起，演习正式开始。"红军"8架歼击机临空，从参观台侧面1000米处低空掠过，向预设战场飞去。

苍穹在嗡嗡低吟。

"红军"歼击机群在夺取战区局部制空权的同时，3架电子干扰机引导长空瀑布般的轰炸机群临空。

目力不及的光束在传播。"蓝军"对敌警戒雷达、炮瞄雷达和制导雷达出现盲点。

航空火力突击开始。重磅炸弹准确命中轰击目标。强击机机群尾随而至，双机跟进，梯次进入，俯冲、发射、拉起，再俯冲、再发射、再拉起，又俯冲、又发射、又拉起，航箭嗖嗖飞，航炮咯咯响。

地面万炮齐轰，122加农炮、130火箭炮、152榴弹炮用火与铁的重擂显示战争之神的威力。

地壳抽搐的节奏被130火箭炮群的连续发射加剧到消灭的程度，无边的轰响持续稳定在极高的音区。

最初尚能辨出独立的爆烟，一丛丛珊瑚状、剑麻状、树冠状、蘑菇状的烟陡然拔起，夹杂着石块沙土，并有浓浓的小烟圈打着旋儿腾飞。到后来就没了个性，大地如岩浆横陈，紫气冲天，惊风乱飐，雷鸣电闪，烟波成潮，涂满视野。

在战局紧要时，邓小平立起身观看，鼓掌的密度平均10分钟一次。

一位副总理和几个部长惊讶地问现场工作人员："这么惊天动地，到底有没有伤亡、有没有事故呀？"

工作人员说："没有哇，一个都没有。前一段训练中伤过。"

副总理惊叹："了不得，真枪真炮几小时，都打到哪去了？"

我国驻东欧国家的5个武官参观后交口称赞，说："演习水平超过了东欧，你们这次演习，每个课题都是一

演习实施

鼓作气下来的，中间没有纰漏。"

王震高兴地说，军队还是要多花点钱的。

秦基伟向中央领导介绍反坦克导弹说，中东战争的时候，那么多的坦克，就是靠这个家伙打的，是很厉害的，"红箭－73"是我们起的，它原来叫什么搞不清。

李先念说，还是要多搞点装备。

廖承志副委员长回京见外宾，匆匆赶回来后漏看了一个课题，到处喊遗憾，说"终生遗憾"。

"红军"坦克、步兵装甲车隆隆前出，参加战斗。

"蓝军"用大型干扰机对"红军"通信网络实施压制性干扰，"红军"无线电分队及时采用快速改频，启用隐蔽网、转信等方法抗干扰，航空兵以火力摧毁"蓝军"干扰台。

"红军"反突击作战第一梯队步兵利用火力急袭的效果，快速运动到冲击出发阵地。

"红军"炮火延伸，指挥部发出冲击发起信号，坦克、装甲输送车、步兵组成的绝对优势兵力勇猛发起冲击，迅速楔入"蓝军"战斗队形，包围前沿要点，而后利用有利态势，迅速穿插分割敌人，向纵深扩大战果。

大密度的坦克群以首次突击的震撼力和磅礴气势，推过两军的对峙线，在"蓝军"阵地印满履带印。

"红军"坦克排浪般一波送一波连续突击，宽大正面上多路多波次的队形，把现代化战争坦克进攻的战役密度和进攻厚度展现得惊心动魄。

"红军"运输机群临空，空降部队实施伞降，抢占制高点，协同地面部队形成合围的对外正面，保障主力全歼突入之敌。

空降场上空伞花蔽日，徐徐降落。"但使龙城飞将在，不教胡马度阴山。"伞幕连接白云黄烟，天地间矗立一座色调古朴的壁画。

"蓝军"歼击机与"红军"歼击机争夺制空权。其地面部队伴随炮火急袭实施反冲击，并施放化学毒剂和火箭布雷，以迟滞"红军"行动。

"红军"一梯队迅速抢占有利地形，生力军二梯队投入战斗。

"红军"以猛烈火力压制反冲击之敌，以部分兵力向反冲击之敌翼侧迂回，断其退路，由行进间侧击反冲击之敌。

高炮部队实施跟进掩护。喷火分队交叉喷火，几十条炽白炫目的火龙蹿进"蓝军"火力点。

"蓝军"航空兵对"红军"指挥所、炮兵阵地和一梯队实施报复性攻击，"红军"高炮群以隐蔽、突然、猛烈的火力狠狠回击。

防化兵施放烟障，掩护二梯队沿急造军路向纵深攻击前进。"红军"空中、地面火力将"蓝军"阵地炸成火海，"红军"各部队步坦协同全线出击！

11时，"红军"预备队在强大炮火掩护下向凤凰山、石洞山等要点实施反击，数十辆坦克搭载步兵快速急进。

演习实施

"红军"退守坑道的分队在团预备队支援下，勇猛出击，迅速恢复表面阵地。

11时30分，4批次16架"红军"强击机对"蓝军"坦克和装甲战车进行空中打击。

"红军"反击部队，两个步兵营搭载坦克前进到预定位置，对"蓝军"指挥所形成合围态势。16架强击机再次向"蓝军"集中地域实施火力突击。炮兵群向"蓝军"实施毁灭性打击。反击部队利用空、地火力压制效果迅速发起攻击，打掉了"蓝军"指挥所，将胜利的旗帜插上了高地主峰。

砰！哧——

砰！哧——

砰！哧——

3发绿色信号弹升空。

强击机8机编队由北向南低空通过参观台，代表此次演习的陆空10万部队向首长致意。

四、军演圆满成功

● 受阅部队总指挥秦基伟向邓小平敬礼，报告："军委主席，受阅部队列队完毕，请您检阅！"

● 邓小平在讲话中说："这对全军的建设、战备和训练是一个有力的推动。演习达到了预期目的，是成功的。"

● 胡耀邦挺直了坐姿，接着说："小平同志主持军委工作以来，特别是近一年来，军队工作有新的重大进步。"

邓小平检阅演习部队

9月19日的塞外高原，细雨过后，秋高气爽，几只苍鹰在高空展翅翱翔。演习全部结束后，盛大的阅兵式开始了。

阅兵主席台的背景是一面巨大的"八一"军旗，在秋日艳阳的照耀下熠熠生辉。

受阅部队除了参演的陆军和空军，还新增了海军的方队。10余万三军将士排列成整齐划一、阵容严整的53个方队，准备接受统帅的检阅。

受阅部队总指挥秦基伟向邓小平敬礼，报告：

军委主席，受阅部队列队完毕，请您检阅！

邓小平步履矫健地登上崭新的敞篷阅兵车，秦基伟的指挥车紧随其后，缓缓驶向三军方队。

战士们昂首挺胸，向自己的统帅行庄严的注目礼。车上的邓小平举手还礼。

同志们好！
首长好！
同志们辛苦了！

为人民服务!

邓小平浓重的川音与士兵之间的应答声在广袤高原上回荡。

一排排血气方刚、充满朝气的年轻面庞在眼前闪过。

邓小平神情肃然。

随后是分列式。

军旗猎猎，军乐嘹亮。陆海空三军仪仗队护卫着"八一"军旗，首先通过检阅台。军校学员方队紧随其后，接着是步兵方队、空降兵方队、摩托方队、炮兵方队、地空导弹方队、反坦克导弹方队、工程兵方队、坦克方队，依次通过检阅台。

最后，由歼击机、轰炸机、强击机组成的 6 个航空兵梯队掠过检阅台上空。

邓小平向受阅部队发表了讲话。他对演习给予极高的评价：

> 这次演习，检验了部队现代化、正规化建设的成果，较好地体现了现代战争的特点，摸索了现代条件下诸军兵种协同作战的经验，提高了部队军政素质和实战水平。
>
> 这对全军的建设、战备和训练是一个有力的推动。演习达到了预期目的，是成功的。

军演圆满成功

在讲话中，邓小平第一次对新时期军队建设的总目标作了完整的表述：

> 建设一支强大的现代化、正规化的革命军队。

其中"正规化"一词，是邓小平在审阅讲话稿时亲笔加上去的。

现代化、正规化建设总目标的提出，科学地回答了新时期建设一支什么样的军队的重大问题，指明了军队建设的正确方向，指引人民解放军朝着军队建设更高的阶段大步前进。

9月24日，邓小平主持全军高级干部战役集训班会议，讨论和总结华北大演习的经验。

会前，邓小平和中央领导人胡耀邦、叶剑英、李先念、陈云等接见完成军事演习任务的军队领导干部，以及观看这次演习的中央和各地党政军领导干部，并合影留念。

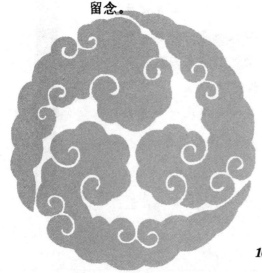

胡耀邦祝贺演习成功

9月24日，胡耀邦、邓小平、叶剑英、李先念、陈云、徐向前、聂荣臻等在北京接见了胜利完成军事演习任务的军队领导干部，以及参观这次演习的中央和各地党政军领导干部，并且同大家一起照了相。

接见后，举行了大会。

大会由中共中央军委主席邓小平主持。

时任中共中央主席的胡耀邦在会上讲话，热烈祝贺华北军事大演习的成功，勉励大家在新的起点上再接再厉，取得更大的成就。

胡耀邦在讲话中指出：

> 这次方面军防御演习，是1949年以来也是建军史上最大规模的一次演习，是近似实战的以现代化作战手段对付霸权主义者侵略的一次演习，是经过充分准备、精心组织的一次演习，是在军事指挥、政治工作、后勤保障等各方面都获得丰收的一次演习。
>
> 党中央、国务院和各部委的主要领导同志能够来的都来观看了，各省、市、自治区也都派了一两位领导同志来，大家看了都很满意。

军演圆满成功

张家口地区的干部和人民群众，通过这次演习也都受到很大鼓舞。对于这次演习的成功，我代表党中央向参加演习的全体指战员同志，表示热烈的祝贺。

胡耀邦接着说：

大家都知道，我军从创建以来，经历了小米加步枪的漫长时期。在战争中，我们缴获敌人的武器武装自己，装备不断得到改善。

新中国成立以后，我们又由单一的陆军发展成为包括海军、空军和其他技术兵种在内的合成军队。但是，像这次出动这么多的飞机、坦克、大炮和多种技术装备举行联合演习，还是第一次。

这次演习，标志着我军在提高合成军队协同作战能力、运用现代化作战手段对付敌人方面，迈出了新的一步。

当然，我国国防现代化的程度还不是很高，但它已经以稳健的步伐进入了一个新的建设时期。我们有长期的人民战争的丰富经验，再加上现代化的战争手段，一旦霸权主义者敢于向我们发动侵略战争，我们就更有把握把它打败。

这次演习，将有益于广大指战员打开眼界，

激起学习和掌握现代军事科学技术的热情；将会帮助地方的同志和人民群众增进一些现代战争的知识，鼓舞科学技术和教育战线的同志们更加关心国防建设。

中央希望，在认真总结经验的基础上，编写出材料，拍好电影，作为国防教材，使广大干部和人民群众看到光荣的解放军的形象和力量，看到军威、国威，看到人民战争的伟力，提高未来反侵略战争的胜利信心。

胡耀邦挺直了坐姿，接着说：

小平同志主持军委工作以来，特别是近一年来，军队工作有新的重大进步。军队比其他一些战线的工作，在不少方面进步更快些，更大些。

说到这，为强调语气，胡耀邦用拳头带手臂，做了个大家所熟悉的抛物线状的向前动作，顿时赢得满堂热烈掌声。

胡耀邦的这段话既符合事实，也间接纠正了"渤2事故"后某些媒体的不恰当提法。

胡耀邦提高声音：

军演圆满成功

共和国的 **历程** · 激扬军威

第一，全军广大指战员在政策水平上，在同党中央保持政治一致上，有明显的提高。

去年11月有一个炮兵团发生了一起事件，小平同志抓住这个典型，要求各部队深入进行教育，结果把坏事变成了好事，有力地促进了部队的政治思想建设。

去年中央关于农业问题的75号文件下达后，部队认真组织传达教育，开展农村调查，使干部战士对党的农村政策的正确性特别是对生产责任制加深了理解，消除了疑虑。去年12月中央工作会议一结束，立即召开了全军政治工作会议加以贯彻，对团以上干部普遍进行了轮训，对部队进行了四项基本原则的教育。

六中全会以后，及时组织学习《决议》，用全会精神统一思想。这一系列工作，军队行动快，抓得紧，效果好。

广大干部战士坚信现在的党中央领导正确，坚信党的三中全会以来的路线方针政策正确。有些不怀好意的外国人，说什么军队是保守派，是同三中全会路线对立的，这纯粹是造谣挑拨。事实证明，我们军队是坚决听党的话的，党说到哪里做到哪里，指到哪里打到哪里。

第二，组织性、纪律性有明显加强，军容风纪有了进步。

今年春天，小平同志和中央军委提出搞阅兵，很快就把这方面的问题抓起来了。阅兵，这不是搞形式主义，是加强组织纪律性，整顿军容风纪，养成良好作风的很实际、很有效的办法。

而且通过阅兵，可以促进正规化的训练和管理。一搞阅兵，首先举止动作都要像个军人的样子，谁也不能松松散散了。大家都看到，这次演习军容严整，作风紧张，组织严密，行动准确。这说明我们军队要搞现代化，就必须搞正规化。

第三，响应中央建设社会主义精神文明的号召，行动迅速，效果显著。

中央发出建设社会主义精神文明的号召以后，军队结合自己的实际，提出"四有、三讲、两不怕"的要求。四有就是：有理想，有道德，有知识，有体力；三讲是：讲军容，讲礼貌，讲纪律。两不怕是：不怕艰难困苦，不怕流血牺牲。这个口号好，符合军队实际，已在全军深入人心，见诸行动。

各部队都为人民群众做了大量好事，涌现出许多新的雷锋式人物。今年有几个省发生了特大水灾，部队在抗洪救灾中，全力以赴，奋不顾身，抢救人民生命财产。群众反映，在关

军演圆满成功

键时刻，解放军还是过得硬。

守卫祖国南大门的边防部队，在××山、××山战斗中，发扬两不怕精神，打得英勇顽强，获得全国人民的高度赞扬。

这次进驻农村的演习部队，同群众一起开展建设精神文明的活动，留下了很好的印象。群众反映"老八路又回来了"。全军搞精神文明建设，不但进一步焕发了革命精神，改善了官兵关系，而且增进了军政军民团结，对改变社会风气也起了积极作用。

第四，教育训练抓得紧，军政素质有一定提高。林彪、"四人帮"对我们军队的破坏是很严重的，其中主要的一点，就是使军队经常的教育训练废弛了。

三中全会以后，我们全面恢复了严格训练的优良传统。各个部队都在搞战备、搞训练，干部战士摸爬滚打，学习和掌握新技术，很紧张、很艰苦。

这次演习所以搞得这样好，绝不是一日之功。如果不是政治思想、作风纪律、组织指挥、战术技术和后勤保障等方面都加强了，是不可能做到的。人民群众看到我们军队的这种进步，是很高兴的。在这一方面，解放军值得我们的许多机关、学校、工矿、企业很好地学习。

最后，胡耀邦总结道：

　　总之，军队是紧跟中央步伐的，对中央的各项号召，坚决响应，走在前头。"文化大革命"中被林彪、"四人帮"歪曲和玷污了的人民解放军形象，正在逐步地恢复过来。

　　只要全军指战员保持谦虚谨慎，戒骄戒躁的作风，模范地贯彻执行党的路线、方针、政策，就一定能够更好地执行保卫社会主义祖国，保卫现代化建设的光荣使命。

军演圆满成功

各路将军举杯庆功

在演习成功庆祝大会上，敬各路将军的酒一杯接一杯，副司令员马卫华大醉。

秦基伟不能醉。秦基伟宣布："回营房后，部队休息7天。"这下皆大欢喜。

500公里以内，允许回家，更加鼓舞参演官兵。各部队执行时体现了灵活性。自营房起算不够500公里的，可以演习场起算，或干脆从返回路线上的任何点起算，够上500公里就行。每人颁发华北军事演习纪念章一枚。立功受奖个人数万，单位逾千。

演习大获成功，组织者参观者都高兴。兄弟军区的熟人边祝贺边高呼："应该好好庆祝庆祝！"

原规定不上烟酒。孙军长破例上烟。

事后秦基伟说：

可以说在我们军队的历史上是空前的。既演习好了，又接待了一万多领导干部的参观，没有周密的组织和科学的计划是不可能达到的。

接待工作，热情、周到、有礼貌，食物的卫生条件保障得比较好，对参观人员的健康工作保证得好，发病率很低。一万多参观的干部，住医院的寥寥无几，开始有点拉稀的，这次我们军招，就是先念同志感冒了一下，参加了阅兵，体温下来了。

从司令到招待员，真正热情周到。这个工作不是小工作、小事情，影响很大。我们这次谁住哪里，一个人一个人地落实，做到这个程度，安排得合理，不出问题没有事，出了问题就是大事。来了接，走了送，整整齐齐的，常委全体出马，不要看这是小事情。

秦基伟又说：

人家说北京军区有钱，我们是拼老命了，为了搞好这次演习，我们比较舍得。

当时大单位多，三总部，11个大军区，空、海军，军委炮兵、装甲兵、工程兵、铁道兵、第二炮兵、通信兵、基建工程兵、国防科工委，一家一杯就不少。

如此一来，马卫华必醉无疑。

邓小平格外高兴

向邓小平敬酒，要仔细掂量。

邓小平一向严肃。大家都知道他爱打桥牌，平日却不苟言笑，对下级批评多表扬少。何况，邓小平的资望与身份与众不同。不在于挂什么头衔，在中国他已然是无可争议的党政首脑，武装力量名实相符的统帅。第一招待所一号楼第一层的一号房间，能使他老人家光临相当不易。

前几场演习，当天课目一结束，邓小平抬脚上座车，照例秦基伟前行开道直驶张家口北站上专列，一声汽笛，他老人家打道回京，次日登车再来。其他领导人在演习区域住了六七天，邓小平仅住两夜。

这是最后一夜。

邓小平高兴不高兴，是对演习的直接评价和结论。一连几天，谁都能看出邓小平兴致很高。

张震评价："邓主席格外高兴。"

可"格外"到什么程度，酒兴就是回答。

敬酒屡屡失败。

邓小平的女儿为父亲的健康负全责，一再阻拦。

哪知道邓小平异常高兴，真心要同众将官满饮几盏。在屡屡被挡驾、大家不免有些为难之际，邓小平说："我能喝。"

突如其来的一句令大家愕然,邓小平手指女儿:"她净给我捣乱。"

揭发并剥夺了女儿的"捣乱"权,邓小平对全桌发话:"她不捣乱,我能喝 10 杯。"

立时欢笑声起。

大家都知道该怎么办了。大军区这一级不用说了,连孙军长都轮上敬了一杯。

邓小平一一干杯,将军们比听表扬还高兴。

酒后意兴阑珊,秦基伟汇报北京军区政治部战友歌舞团和战友京剧团各准备了一台节目,慰问演习部队,当晚分别上演。

邓小平问京剧剧目。

秦基伟说《吕布戏貂蝉》。

这并没专门迎合的意思,该剧目是战友京剧团的保留节目,由叶派传人叶少兰领衔主演。然后秦基伟介绍歌舞节目。

这位司令员自己是个京剧迷,内心希望邓小平看歌舞,一旦老人家有了倦意,节目可以临时精简。而京剧,除非你上折子戏,否则,再厉害的长官意志,对国粹京剧,现场你敢掐头去尾?

邓小平高兴地说:"看京剧。"

夫人卓琳和女儿也都没劝驾的意思。

秦基伟只好把对 10 多杯酒和次日阅兵的担心揣回肚

军演圆满成功

113

子里。

开场锣鼓一响，邓小平精神专注，也不与大家说话，一下子就进入了欣赏与某种享受的状态。

邓小平说能喝 10 杯，此言果然不虚。邓小平有敬必饮。而在座诸位无人不敬。一并计算下来，又何止是 10 杯！

首脑人物如此**豪放爽快**，在秦基伟印象中，一是欢迎中国人民志愿军胜利归国的盛大宴会上，周恩来同每一位敬酒者干杯。敬酒者身份没有限制，没人能计算那晚上周恩来喝了多少杯，反正海量的周恩来罕见地醉了。再就是今晚的邓小平。当然，这一次场面小，同样的畅情豪饮，杯数却不可完全画等号。

叶少兰在台上亮相。

秦基伟坐邓小平右手边，一半心思在台上，一半心思在屁股底下。

礼堂的固定折叠木椅，未经改造，一窄，二硬，三伸不开腿，而且凉。

不过，整整两个小时把《吕布戏貂蝉》看下来，77岁高龄的邓小平端坐不动，始终兴致高昂。军装领口的风纪扣严实地扣着，连个哈欠也没打。

事后看，邓小平宣布的 10 杯，显然还保留了相当的余地。非但远不是他自己的酒量的临界点，反而刚刚够上他在观戏过程中表现出的兴奋度！

国外媒体关注华北大演习

中国最大规模的军事演习由新华社在 9 月 27 日发布后，驻北京的各国各地区记者如获至宝，抢发快讯，进行评论。

美联社说：

> 中国今天宣布，它结束了有坦克部队、导弹部队和飞机参加的大规模军事演习——这是为加强战备和提高士气而开展一场大规模运动所采取的最新步骤。

一些国家主要报纸 27 日都用头版报道这次演习。许多有关演习的照片占了后面的整版篇幅。一家报纸说这次演习是"在现代条件下现代装备进行的"。

这些报纸的报道没有说这次演习是在什么时间、什么地方举行的，也没有说参加演习的部队有多少。它们只说，参加这次演习的有北京军区的部队，其中包括陆、海、空的部队和河北省的一些部队。

中央电视台播放了伞兵部队在接受检阅时的行军步伐和战斗机飞行员们的特技飞行表演。

英国的路透社说：

军演圆满成功

中国今晚宣布，它的武装部队最近举行了军事演习，一些外交人士认为这次演习可能是拥有400万人的人民解放军在和平时期出动兵力最多的一次演习。

美国第二大通讯社，国际性通讯社之一的合众国际社说：

中国今天宣布，它的庞大的武装部队最近在这个国家的北部举行了大规模军事演习，以显示它的战斗能力，这是很罕见的。

官方的新华社和中央电视台发布的新闻证实了自夏季以来北京流传的关于空军和地面部队即将举行联合演习的消息。

消息灵通人士说，这次演习是在北京西北张家口的崎岖不平的山区举行。他们估计参加演习的军队在10万到20万之间。

据信演习已在大约两周前结束。

国家的电视台播放了坦克、火炮、高射炮、步兵和伞兵参加演习的场面。

在随后举行的阅兵中，载着导弹的装甲车辆、摩托化步兵和其他装甲车辆在检阅台前隆隆驶过。三军部队，有的头戴钢盔，在前来检阅的领导人面前走过。电视台说,检阅持续了两个小时。

最后,空军的战斗机和轰炸机在检阅场上空飞过,检阅宣告结束。

法国的法新社说:

分析家们今天在这里说:中国党政军领导人利用最近在中国北部举行大规模军事演习的机会来显示团结,以便消除最近几个月来武装部队中一直存在令人烦恼的不适症。

他们这种估计是根据中国报纸这次演习的大量报道而得出的。这次演习很可能是 1949 年共产党掌权以来中国所举行过的最大的演习。

外交界人士说,这次大规模军事演习有飞机、坦克、火炮和至少 10 万人的军队参与,是在北方城市张家口周围的崎岖不平地区举行的。张家口位于北京和中蒙边界之间。

演习后举行历时将近两个钟头的阅兵包括导弹部队、摩托化步兵、炮兵、装甲兵,而且还有空军庞大机群从阅兵场上空飞过并且有空军战斗机做特技飞行表演。

军演圆满成功

日本的《读卖新闻》刊登它驻北京记者荒井写的消

息说：

> 这次演习的规模之大是空前的。可以认为，这次在国庆节前举行的演习，其目的在于鼓励提高军队和 10 亿人民的士气，同时，它将成为向军队现代化迈进的一大步骤。
>
> ……

华北实兵军事演习在国内外引起了强烈的反应，给全国人民以极大的鼓舞，对国际霸权主义者产生了一定的威慑作用。

华北军事演习对于解决"积极防御"战略方针的具体化，探讨以现有装备战胜优势装备敌人，对于培养干部特别是高级干部，全面锻炼部队，提高我军在现代条件下组织指挥各军兵种协同作战的能力，起了重要作用。

参考资料

《走向现代化的人民军队》黄宏 程卫华主编 人民出
版社

《统帅部——中国最大军事演习秘录》张卫明著 北
岳文艺出版社

《大演习》张卫明著 长征出版社

《122 个国家军事演习内幕》李庆山著 中共党史出
版社

《军事演习指南》景慎祜著 黄河出版社

《华北大演习》张卫明著 解放军出版社

《共和国军队回眸》杨贵华 陈传刚编著 军事科学出
版社

《中国人民军队建设纵览》姚延进著 国防大学出
版社

《中国人民解放军》邓力群 马洪 武衡主编 当代中
国出版社

《中南海三代领导集体与共和国军事实录》蒋建农主
编 中国经济出版社